NAME: Justus Jonas
FUNKTION: Erster Detektiv
FRAGEZEICHENFARBE: weiß
BESONDERE MERKMALE: das Superhirn der drei ???;
Meister der Analyse und Wortakrobatik; erstaunlich
schneller Schwimmer; zu Hause auf dem Schrott-
platz von Tante Mathilda und Onkel Titus; zupft beim
Nachdenken an seiner Unterlippe
IST FAN VON: Tante Mathildas Kirschkuchen und
Denksport aller Art

NAME: Peter Shaw
FUNKTION: Zweiter Detektiv
FRAGEZEICHENFARBE: blau
BESONDERE MERKMALE: für körperliche
Herausforderungen immer zu haben, dafür kein Ass in
der Schule; großer Tierfreund; Spezialist für Schlösser
aller Art, die seinem Dietrichset einfach nicht standhalten
können; neigt zu Vorsicht und Aberglauben
IST FAN VON: schnellen Autos (insbesondere seinem MG),
der südkalifornischen Sonne, so ziemlich jeder Sportart

Die drei ???®

Die drei ???®

Die Rache des Untoten

erzählt von Marco Sonnleitner

Kosmos

Umschlagillustration von Silvia Christoph, Berlin
Umschlaggestaltung von eStudio Calamar, Girona, auf der Grundlage
der Gestaltung von Aiga Rasch (9. Juli 1941 – 24. Dezember 2009)

Unser gesamtes lieferbares Programm und viele
weitere Informationen zu unseren Büchern,
Spielen, Experimentierkästen, DVDs, Autoren und
Aktivitäten findest du unter **kosmos.de**

MIX
Papier aus verantwortungsvollen Quellen
FSC
www.fsc.org
FSC® C014496

Gedruckt auf chlorfrei gebleichtem Papier

© 2014, Franckh-Kosmos Verlags-GmbH & Co. KG, Stuttgart
Alle Rechte vorbehalten
Mit freundlicher Genehmigung der Universität Michigan

Based on characters by Robert Arthur.

ISBN 978-3-440-14120-5
Redaktion: Anja Herre
Lektorat: Michael Kühlen
Grundlayout und Satz: DOPPELPUNKT, Stuttgart
Produktion: DOPPELPUNKT, Stuttgart
Printed in Germany / Imprimé en Allemagne

Die drei ???®

Die Rache des Untoten

Die Wege des Schicksals	7
Harper Knowsley	14
Reise ins Ungewisse	20
Das Tal der Klapperschlangen	28
Nacht des Grauens	35
Vergeltung aus dem Grab	41
Köpfe in der Schlinge	48
Tödlicher Biss	55
Donner am Himmel	62
Zopf oder kahl	69
In der Gewalt des Geistes	76
Ein grauenhafter Fund	81
Straßensperre	88
Riskante Manöver	97
Lebendig begraben	104
Katzenwäsche	111
Das letzte Versprechen	118
Shakehands	125
Flug zu den Sternen	135

Die Wege des Schicksals

Der Zweite Detektiv sah hinauf zur Dachluke der Zentrale. Das Milchglasfenster stand wie meistens einen kleinen Spalt offen und eben hatte sich ein einsamer Sonnenstrahl erst durch den Schrottberg über dem Wohnwagen und dann genau durch diesen Spalt gezwängt.
Peter grunzte missmutig. Er hatte sich so aufs Surfen gefreut. Stattdessen saß er hier drinnen und wartete darauf, sich durch Berge alter Bücher wühlen zu dürfen. Horden von Papierläusen würden sich auf ihn stürzen. In zentimeterdickem Staub würde er ertrinken. Regale würden über ihm zusammenbrechen und ihn lebendig begraben. Und das alles bei schönstem Sonnenschein, traumhaften Temperaturen und genialem Wind. Diesen Ferienbeginn hatte er sich ganz anders vorgestellt. Manno!
»Ja, Peter, ich weiß.« Justus klickte auf die linke Maustaste und eine andere Seite erschien auf dem Monitor.
»Was weißt du?« Die Wellen waren sicher auch eins a.
»Dass du keine Lust hast.«
Peter lächelte säuerlich. »Kannst du jetzt auch noch Gedanken lesen, oder was?«
Jetzt erst sah Justus auf. »Nein, aber dein andauerndes Gegrunze und dein Mördergesicht sind vermutlich kein Indiz dafür, dass dich unsere bevorstehende Arbeit mit übergroßem Enthusiasmus erfüllt. Doch das ist nun einmal der Deal: die Nutzung dieses wunderschönen Wohnwagens gegen zeitweilige Dienste auf dem Schrottplatz.«

Peter grunzte abermals. »Das Leben ist so ungerecht! Hättest du gestern bei mir übernachtet, wie ich es dir vorgeschlagen hatte, wärst du heute Morgen nicht Tante Mathilda über den Weg gelaufen und sie hätte dir nicht diese Sklavenarbeit aufdrücken können. Aber du musstest ja in dein eigenes Bett! Weil du da besser schläfst! Wie alt bist du? Achtzig?«
»Und wäre ihrer Schwester Susanne nicht gestern Abend ein Hexenschuss ins Kreuz gefahren, säßen Tante Mathilda und sie seit dem Morgengrauen im Bus nach San Francisco, um dieses Horrorfilm-Festival zu besuchen. So spielt das Schicksal eben manchmal.«
Peter verdrehte die Augen.
»Und übrigens«, setzte Justus hinzu: »Die unbestrittene Werthaftigkeit eines gesunden Schlafes ist vollkommen altersunabhängig.«
Der Blick des Zweiten Detektivs fiel auf den Bildschirm. Dort war ein Zeitungsartikel mit einem großen Foto zu sehen. »Dann hattest du damals offenbar sehr schlecht geschlafen.« Er nickte Richtung Foto.
Justus drehte sich um. »Was meinst du? Wieso?«
Peter stand auf und kam zum Schreibtisch. »Na, sieh dir das Foto doch mal an! Du siehst aus wie dein eigener Opa. Als hättest du zwei Tage durchgemacht.«
»Unsinn! Das ... das Bild ist ein wenig unscharf, das ist alles!«
»Natürlich. Unscharf. Und wieso sehen Bob und ich dann aus wie das blühende Leben?«
Justus ging näher an den Bildschirm und vergrößerte das Foto. »Ich sehe doch ganz normal aus! Vielleicht ein ganz

klein wenig erschöpft, okay. Aber das ist ja kein Wunder. Das Foto wurde damals nach der Sache mit dem Vampir in Yonderwood aufgenommen. Da sind wir alle kaum zum Schlafen gekommen.«

Peter kniff die Augen zusammen und sah angestrengt auf den Monitor. »Und danach hast du mit dieser Kokos-Limonen-Diät begonnen, oder?« Er fuhr Justus' Silhouette nach. Großzügig.

»Nein, das war schon Wochen zuv–« Erst jetzt verstand Justus. »Soll das etwa heißen, ich sehe auf dem Foto dick aus?« Der Erste Detektiv war schon immer recht empfindlich gewesen, wenn es um seine etwas füllige Figur ging. »Fotos lassen einen immer ein klein wenig … voluminöser erscheinen! Und gerade damals war ich –«

Peter lachte laut auf. »Lass gut sein, Erster! Du bist auf dem Foto bezaubernd wie eh und je.« Er nahm die Maus, klickte ein Bild weiter und grinste. »Wir und das Witherspoon-Skelett. Hübsch. Hat Bob mittlerweile alle unsere Zeitungsartikel eingescannt?«

Justus musterte konzentriert seine Gestalt auf dem Foto. Das T-Shirt saß doch perfekt, oder?

»Just?«

»Was?«

»Die Artikel! Bob! Unser Freund! Du erinnerst dich? Der dritte Junge auf dem Foto da.«

»Jaja. Nein, hat er noch nicht. Aber fast.« Er klickte eine Seite weiter. Und stutzte. »Shelby Tuckerman? Was macht der denn hier? Da stimmt die Reihenfolge aber gar nicht.«

»Narbengesicht?« Auch Peter konnte sich noch gut an den

Fall erinnern. »Tatsächlich. Da wird er gerade aus dem Gerichtssaal abgeführt.«

Die Tür des Campinganhängers ging auf und Bob kam herein. »Hi, Kollegen. Tut mir leid, ich hab's nicht eher geschafft.«

»Hallo, Bob. Du, die Bilder sind aber noch ziemlich durcheinander.« Justus deutete auf den Monitor.

Bob ließ sich in einen der Sessel fallen. »Ja, ich weiß. Muss ich noch mal ran.« Er atmete tief durch und fuhr sich durch seine blonden Haare.

»Ist was?« Peter merkte, dass mit seinem Freund irgendetwas nicht stimmte. Er wirkte abwesend und ernst.

Der dritte Detektiv zögerte einen Moment, als müsste er nachdenken. »Ja. Komische Sache. Ich habe heute Morgen einen wirklich merkwürdigen Brief erhalten. Deswegen bin ich auch später dran. Ich wollte noch ein paar Dinge überprüfen, bin aber nicht sehr weit gekommen.«

»Einen merkwürdigen Brief?« Justus drehte sich auf seinem Chefsessel um. »Definiere merkwürdig!«

»Droht dir Kimberly, weil du nichts von ihr wissen willst?«, fragte Peter.

»Diese Blonde?« Justus sah Bob an. »Die dir neuerdings in der Pause dauernd hinterherläuft?«

»Bitte? Nein!« Bob entfuhr ein genervter Schnalzlaut. »Ihr kommt aber auch manchmal auf Ideen!« Er beugte sich ein Stück nach vorn und holte ein zusammengefaltetes Blatt Papier aus seiner hinteren Hosentasche. »Es waren eigentlich zwei Briefe. Ein Anwalt aus Pasadena, ein gewisser Evander Whiteside, teilte mir mit, dass er eine Nachricht für mich hätte. Und das war dann der zweite Brief, der verschlossen dem ersten beilag.« Er wedelte mit dem Blatt Papier. »Der hier. Und da steht drin …« Der dritte Detektiv hielt noch einmal inne, sah ins Nirgendwo und schüttelte leicht den Kopf. »… dass mir jemand etwas vererben will. Angeblich einen Teil eines beträchtlichen Vermögens.«

Justus und Peter blickten ihren Freund verblüfft an.

»Genau so habe ich auch geguckt. Hier, lest selbst.« Bob reichte den Brief an Justus weiter.

»Jemand?«, fragte Justus und nahm das Blatt entgegen.

»Wow!« Peter riss die Augen auf. »Du erbst ein Vermögen? Na, wenn das mal kein Grund zum Feiern ist! Gratuliere! Ist ja 'n Ding! Könntest ja gleich eine gute Tat vollbringen und jemanden engagieren, der den Monsterbücherberg im Hof sortiert.« Er deutete mit dem Daumen nach draußen.

Justus runzelte die Stirn. »Craig Marshall. Den Namen habe ich noch nie gehört.«

»Da geht es dir wie mir«, erwiderte Bob.

Peter stutzte. »Moment mal! Du kennst deinen, äh … Vererber gar nicht?«

»Erblasser«, korrigierte Justus, ohne von dem Brief aufzusehen.

»Wie auch immer. Du kennst diesen Menschen gar nicht?«

Bob schüttelte den Kopf. »Nein, tu ich nicht.«

»Und wieso vermacht er dir dann sein Geld? Wie viel ist es denn überhaupt?«

»Über die Summe steht hier nichts drin«, informierte ihn Justus. »Marshall hatte weder Familie noch Verwandte. Und deswegen hat er sich schon vor langer Zeit eingehend darüber Gedanken gemacht«, er fuhr mit seinem Finger eine Zeile entlang, »»wem ich dereinst mein nicht unbeträchtliches Vermögen hinterlassen möchte. Es mag Ihnen seltsam oder gar absonderlich vorkommen, aber ich kam endlich zu dem Entschluss, mich gewissermaßen bei meinem Schicksal zu bedanken. Denn schließlich war es dieses Schicksal, das mir mein Glück, meinen Erfolg, mein wundervolles Leben beschert und ermöglicht hat. Und da kamen unter anderem Sie ins Spiel, Mr Andrews.‹«

Peter ließ sich nach hinten in seinen Sessel sinken. »Jetzt bin ich aber mal gespannt.«

»Lies weiter, Just, die wichtige Stelle kommt gleich im Anschluss«, sagte Bob.

Der Erste Detektiv fuhr fort: »»Sie werden sich vermutlich nicht mehr an den 14. Juli des vorletzten Jahres erinnern, an die Kreuzung Horn Road und De La Vina Street in Rocky Beach. So um die Mittagszeit. Sie standen an der Ampel und warteten, dass es Grün wurde, als ich, den Kopf mal wieder voller Gedanken, über die Straße laufen wollte. Blind, ohne nach links oder rechts zu sehen, einfach drauflos. Nur die Tatsache, dass Sie mich am Arm gepackt und zurückgehalten haben, hat verhindert, dass mich der Bus, der eine Sekunde später vorüberdonnerte, erfassen konnte.‹«

»Davon weiß ich ja gar nichts«, meinte Peter.

Bob schüttelte den Kopf. »Ich kann mich auch nicht mehr daran erinnern. Ist aber auch schon zwei Jahre her. Doch genau diese Sache ist der Grund, warum Marshall mir etwas vererben will. Weil ich ihm angeblich das Leben gerettet habe.«

»Abgefahren!« Peter kratzte sich am Kopf. »Echt abgefahren!«

Justus überflog noch den Rest des Briefes. »Er schreibt, er sei dir damals hinterhergelaufen, um herauszufinden, wer du bist und wo du wohnst. Weil er zu der Zeit schon den Plan mit seinen *Schicksalserben* hatte, wie er das hier nennt. Und dass er sich äußerst glücklich schätzen würde, wenn du ihm die Gunst erweist, dein Erbteil anzunehmen.«

»Na, aber hallo tust du das!«, rief Peter. »Ein Vermögen erbt man nicht alle Tage.«

»Aber ich kenne den Mann doch gar nicht!« Bob zuckte die Achseln. »Und von der Sache damals an der Kreuzung weiß ich auch nichts!«

»Einem geschenkten Gaul schaut man nicht ins Maul«, konterte Peter. »Noch dazu einem mit Säcken voller Geld auf dem Rücken.«

»Um welche Art von Erbe es sich handelt, bleibt vorerst abzuwarten«, entgegnete Justus. »Und abgesehen von dem ohnehin schon mehr als merkwürdigen Brief irritieren mich auch noch die letzten beiden Zeilen.«

»Mich auch«, sagte Bob. »Fällt dir dazu irgendetwas ein?«

»Welche beiden Zeilen?«, fragte Peter.

»›An Ibykos gerner führe weit zur Herden Wagen, Elle am Besen wird prüder besonders dein Sagen.‹« Justus blickte auf und sah in Peters völlig verdutztes Gesicht.

Harper Knowsley

»Was soll das denn sein? Ein Gedicht? Lass mal sehen!« Peter nahm Justus den Brief ab.
»Sagt dir das was?«, hakte Bob noch einmal nach.
Der Erste Detektiv schüttelte den Kopf. »Im Augenblick rein gar nichts. Für ein Gedicht ist der Text, selbst wenn es sich um ein modernes Gedicht handeln sollte, ausgesprochen kryptisch. Außerdem wüsste ich nicht, welchen Sinn ein Gedicht am Ende dieses Briefes machen sollte. Aber ein uns bekannter Code oder eine Geheimsprache liegt meiner ersten Einschätzung nach auch nicht vor.«
Peter betrachtete den Brief, als liefe ein hässliches Insekt über das Papier. »Wer oder was ist denn Ibykos? Und das Wort *gerner* hab ich auch noch nie gehört. Gibt es das überhaupt? Gern, gerner, am gernsten?«
»Ibykos ist ein altgriechischer Dichter. Und das Adverb *gern* bildet keinen Komparativ. Vielleicht ist es ein Name. Ibykos Gerner?« Justus zuckte die Schultern. »Wartet mal, ich habe eine Idee.« Er drehte sich zur Tastatur um, öffnete eine Suchmaschine und gab die ersten drei Wörter des seltsamen Spruches ein. Sofort spuckte die Maschine eine Reihe von Treffern aus.
»Ist was dabei?« Bob sah seinem Freund über die Schulter.
»Nein, das hat alles nichts mit unserem Text zu tun.« Justus scrollte nach unten. »Ein paar Einträge über Ibykos, ein Baustoffhändler, Hinweise auf eine Ballade von einem deutschen Dichter, ein … Moment mal!« Der Erste Detektiv zeigte mit

dem Cursor auf einen Link. »Da! Seht ihr das? Die ganze erste Zeile unseres Gedichts!«

»Und noch ein Name. Harper Knowsley, dann bricht der Eintrag ab. Mach mal auf!«, forderte Bob.

Justus tat wie ihm geheißen und öffnete die Internet-Seite. Ein längerer Artikel erschien.

Peter sah auf die URL. »Closedsecrets.com. Scheint irgend so ein Verein von Geheimniskrämern zu sein. Wo ist denn unser Text?«

»Da unten.« Justus markierte die Stelle. »Und da sind noch ein paar Zeilen in der Art: ›Wenn denn Leder juchzet, Mensch macht Ost, ihr bleich gewesen.‹«

»Na super!« Peter tippte sich an die Schläfe.

»Oder hier: ›Kann, der wehrt, kühnes Buch aufnehmen? Bauerhafter Dank siede freventlich hin ewig!‹«

»Wenn ihr mich fragt, hat da einer mächtig zu tief ins Glas geguckt, als er das Zeug geschrieben hat.« Der Zweite Detektiv kippte ein imaginäres Glas hinunter, hickste und verdrehte die Augen.

Bob lachte. »Lasst uns mal den ganzen Artikel lesen. Vielleicht sind wir dann schlauer.«

Der Artikel befasste sich ausführlich mit einem gewissen Harper Knowsley, einem geheimnisumwitterten Trapper und Fallensteller, der im neunzehnten Jahrhundert in der Sierra Nevada als Einsiedler gehaust hatte. Knowsley gab vor, mit höheren Mächten in Kontakt zu stehen, die ihn in ihre Mysterien eingeweiht hätten, und verfasste zu diesen Offenbarungen rätselhafte und oft reichlich abstruse Kurztexte, Gedichte und Sinnsprüche. Manche hielten ihn für erleuchtet, die meisten für verrückt – was aber überhaupt keine Rolle mehr spielte, als sich nach seinem Tod walnussgroße Gold-Nuggets in seiner schlichten Waldbehausung fanden.

Insbesondere der Text, den der tote Knowsley bei sich trug, erregte plötzlich große Aufmerksamkeit. Viele sahen in ihm den Schlüssel zu seinem Geheimnis, das sie sich wahlweise als bisher unentdeckte Goldader, als alten Spanierschatz oder als ein verschüttetes Versteck früherer Goldgräber vorstellten. Aber bis heute war es niemandem gelungen, seine krausen Texte zu verstehen.

Justus knetete seine Unterlippe. »Interessant. Das ist wirklich sehr interessant.«

Peter schmunzelte. »Du bekommst schon wieder deine glasigen Rätselglubscher, Just. Ich würde eher sagen, das ist verrückt, sehr verrückt. Von wegen höhere Mächte!«

»Der Satz aus meinem Brief stammt aus dem Gedicht, das man bei seiner Leiche gefunden hat.« Bob deutete auf die Stelle in dem Artikel. »Da steht's.«

»Wie diese anderen Formulierungen auch.« Justus' Augen leuchteten aufgeregt. Der Erste Detektiv hatte in der Tat Feuer gefangen. So ein Rätsel war genau nach seinem Geschmack. »Warum beendet dieser Mr Marshall seinen Brief ausgerechnet mit einem Ausschnitt aus einem bis heute unentschlüsselten Text dieser sonderbaren Gestalt?«

»Weil er ihn enträtselt und verstanden hat?«, überlegte Peter. »Und deswegen das restliche Gold gefunden hat, das Grundlage seines Vermögens war?«

Justus machte eine skeptische Miene. »Ergibt das einen Sinn?

Möchte Marshall posthum damit angeben, dass er Knowsleys Rätsel gelöst hat? Vielleicht. Vielleicht auch nicht. Dazu wissen wir noch zu wenig über den Mann.«
»Posthum?« Peter griff nach seinem schlauen Büchlein, das er ab und zu brauchte, um folgen zu können.
»Viel gibt es über Marshall auch nicht zu wissen«, sagte Bob. »Das war es, wozu ich recherchiert habe, bevor ich zu euch kam. Ich wollte etwas über diesen Craig Marshall in Erfahrung bringen. Aber im Internet bin ich auf keinen Craig Marshall gestoßen, der infrage käme.«
»Klingt nicht gut«, meinte Peter und klappte sein Büchlein zu. Posthum: nach dem Tod. »Heutzutage findet man doch fast über jeden etwas im Internet. Es sei denn, derjenige versteht es, sich unsichtbar zu machen. Was wiederum die Frage aufwirft, warum er das tut.«
»Du meinst, Marshall hatte etwas zu verbergen?«
»Ich sage nur, dass es ungewöhnlich ist, wenn du keine Informationen zu einem Mann findest, der reich genug ist, um ein Vermögen vererben zu können, aber gleichzeitig niemanden hat, dem er es hinterlassen könnte.«
»Und er hat ja offenbar mehrere Erben im Auge«, fügte Justus hinzu und nahm Marshalls Brief noch einmal zur Hand. »Er schreibt von Schicksalserb*en*, Plural, und dass du, Bob, nur *unter anderem* ins Spiel kamst.«
»Hm.« Der dritte Detektiv setzte sich wieder und stützte sein Kinn auf seine Hände. »Und was mache ich jetzt?«
Justus überlegte einen Augenblick. »Hast du diesen Anwalt schon kontaktiert, der dir den Brief geschickt hat? Der sollte ja eigentlich mehr über Marshall wissen.«

»Nein, habe ich noch nicht. Aber du hast recht. Wenn ihn Marshall damit beauftragt hat, nach seinem Tod für ihn tätig zu werden, muss er ihn ja kennen.«
Auf dem Briefkopf fand Bob die Nummer von Evander Whitesides Kanzlei. Aber als er eben wählen wollte, hallte draußen eine wohlbekannte Stimme über den Schrottplatz.
»Justus? Peter? Bob? Wo steckt ihr denn wieder?« Tante Mathilda! Eine ungeduldige Tante Mathilda. »In eurer Höhle? Seid ihr da drin?«
Justus sah seine Tante förmlich vor sich, wie sie auf dem staubigen Schrottplatz stand, die Hände in die Hüften gestemmt, den Kopf nach vorn gestreckt, und den Haufen Altmetall über der Zentrale mit ihren Blicken durchbohrte.
»Die Bücher sind, zu eurer Information, bisher nicht von alleine in die Kisten und Regale gesprungen! Hallo?«
Der Erste Detektiv seufzte, stand auf und ging zur Tür des Wohnwagens. »Wir kommen gleich, Tante Mathilda!«, rief er nach draußen. »Drei Minuten noch!«
»Aber drei Minuten nach meiner Zeitrechnung, nicht nach eurer! Klar?«
»Jaha!«
Tante Mathilda wartete fünf Sekunden und rief dann: »Noch zwei Minuten fünfundfünfzig Sekunden!«
Justus schloss die Tür. »Den Anruf noch, aber dann müssen wir wohl.«
Bob wählte die Telefonnummer in Pasadena und schaltete auf Lautsprecher, damit Justus und Peter mithören konnten. Nach dem dritten Klingeln nahm Evander Whiteside ab. Der Stimme nach zu urteilen, war er ein umgänglicher, ge-

lassener Herr mittleren Alters. Er hörte Bob ruhig und ohne ihn zu unterbrechen an, sagte nur ab und zu »Aha« oder »Hm« und ließ am Ende ein kurzes, wohlmeinendes Lachen ertönen.

»Verstehe, verstehe. Sie sind auch nicht der Erste, Mr Andrews, der mit diesem Anliegen an mich herantritt. Ich muss allerdings auch Ihnen mitteilen, dass ich zwar der Testamentsvollstrecker von Mr Marshall bin, jedoch nie das Vergnügen hatte, ihm persönlich zu begegnen. Ich habe nur einmal mit ihm telefoniert und bekam alle Anweisungen und Dokumente auf dem Postweg zugestellt. Von daher fürchte ich, dass ich Ihnen nicht weiterhelfen kann.«

»So …« Bob konnte seine Enttäuschung nicht verbergen. »Aha. Ja … dann …«

»Aber«, ergriff Whiteside erneut das Wort, »ich soll und darf Ihnen noch eine Information zukommen lassen. Falls Sie aufrichtiges Interesse an der Hinterlassenschaft von Mr Marshall haben, möchten Sie sich bitte übermorgen bei Sonnenaufgang auf dem Parkplatz von The Pear einfinden. Das ist eine Halbinsel westlich von Malibu.«

»Ich kenne sie.« Dem dritten Detektiv war die Halbinsel natürlich ein Begriff. Sie war der gruselige Schauplatz in einem ihrer Fälle gewesen. Dichter Nebel zog vor Bobs innerem Auge vorbei, schemenhafte Möwen und die grässliche Fratze von Jack the Riddler. »Und … wozu?«

»Das«, antwortete Evander Whiteside, »entzieht sich leider ebenfalls meiner Kenntnis. Sie sollen aber bitte das Nötigste für ein paar Tage dabeihaben.«

Reise ins Ungewisse

Zwei Tage später brachen die drei ??? eine halbe Stunde vor Sonnenaufgang zum Zelten in die Santa Monica Mountains auf. Offiziell. In Wirklichkeit nahmen sie den Highway Number One Richtung Malibu, Richtung The Pear. Diese kleine Notlüge war nötig gewesen, weil Mütter, Väter, Tante und Onkel den drei Jungen wohl kaum ihre Zustimmung zu deren eigentlichem Vorhaben erteilt hätten. »Bob soll das Erbe eines Unbekannten antreten? Muss dazu aber in aller Frühe mit Sachen für ein paar Tage auf einen einsamen Parkplatz? Ohne zu wissen, warum und wieso? Habt ihr noch alle Tassen im Schrank?« So oder so ähnlich, vermuteten die Jungen, hätten die Reaktionen wohl ausgesehen.
Aber sie wollten zu The Pear, unbedingt. Darauf hatten sich am Tag zuvor alle drei geeinigt, während sie die Bücher auf dem Schrottplatz sortiert hatten. Sie wollten sich zumindest einmal ansehen, was Bob auf diesem Parkplatz erwartete.
Die Fahrt über den zu dieser frühen Stunde nahezu menschenleeren Highway verlief schweigend. Peter konzentrierte sich auf die Straße, Justus verspeiste einen Blaubeer-Muffin, den er sich noch schnell im 7-Eleven gekauft hatte, und Bob hing seinen Gedanken nach. Links von ihnen breitete der Pazifik sein riesiges schwarzes Tuch aus, aber hinter dem Küstengebirge zeigte sich schon das bläuliche Grau des heraufziehenden Tages.
Wenige Minuten vor Sonnenaufgang hatten sie die Halbinsel erreicht. Ihren Namen hatte The Pear von ihrer unge-

wöhnlichen Form, die entfernt einer Birne glich. Die Halbinsel war unbewohnt, weil sich auf ihr ein Naturschutzgebiet für Meeresvögel befand.
»Jetzt bin ich aber mal neugierig.« Peter ließ seinen roten MG auf den weitläufigen, geschotterten Parkplatz rollen.
»Und denkt daran!«, mahnte Justus und knüllte seine Muffintüte zusammen. »Wir müssen vorsichtig sein. Wir wissen nicht, was uns da vorne erwartet.«
Doch etwaige Befürchtungen zerstreuten sich sehr schnell. Im milchigen Morgennebel, der wie fast immer um diese Zeit über The Pear kroch, entdeckten die drei ??? sechs Fahrzeuge. Offenbar galt der Termin noch für andere Personen. Und diese anderen Personen machten auf den ersten Blick nicht den Eindruck, als führten sie Böses im Schilde. Ganz im Gegenteil. Die Menschen wirkten auf die Jungen eher unsicher, ratlos, ein wenig verloren. Ein Mann blies sich gerade warmen Atem in seine Hände, eine Frau wippte mit hochgezogenen Schultern auf der Stelle, ein anderer Mann zündete sich eine Zigarette an und sah nachdenklich in den Nebel. Ein Gespräch war offenbar nicht im Gang.
»Ich tippe auf weitere potenzielle Erben«, sagte Peter und parkte seinen Wagen neben einem alten Volvo.
»Der Motor des kleinen Busses läuft«, stellte Justus fest.
»Und der Fahrer sitzt als Einziger am Steuer.«
»Dem ist es vielleicht zu frisch draußen«, meinte Bob. Er öffnete die Beifahrertür und trat in die kühle Morgenluft.
»Tach zusammen!«
Drei Männer erwiderten den Gruß, der Raucher nickte, die Frau lächelte scheu.

»Gleich drei auf einmal?« Der Mann mit den kalten Fingern, ein schlaksiger Brillenträger mit knochigem Gesicht, hob genervt die Hände. »Wie viele kommen denn da noch?«
Wie zur Antwort bog hinter ihnen ein weiteres Fahrzeug in den Parkplatz ein, ein schwarzer Chevrolet mit verdunkelten Scheiben.
»Nummer zehn!« Einer der anderen Männer, blondes Stoppelhaar, Dreitagebart, zog ein grimmiges Gesicht. »Wenn dieser Whiteside mich wegen ein paar lausigen Kröten hier rausgescheucht hat, werde ich echt sauer. Hab Besseres zu tun, als mir hier den Allerwertesten abzufrieren.«
Dem Chevrolet entstieg ein elegant gekleideter Mann mit einer schwarzen Aktentasche. Seine Haare waren glatt nach hinten gekämmt, in der Brusttasche seines dunkelgrauen Anzuges steckte ein weißes Tuch.
»Das ist bestimmt Whiteside«, flüsterte Peter.
»Einen wunderschönen guten Morgen, die Herrschaften!« Der Mann lächelte verbindlich und kam auf die kleine Gruppe zu. »Eins, zwei, drei ...«, sein Finger hüpfte über die Anwesenden, »sechs«, ein kurzes Zögern, »sieben ... acht.«
»Und Sie sind?« Der Raucher nahm einen letzten Zug und trat dann seine Kippe auf dem Boden aus.
»Ah! Natürlich! Entschuldigen Sie! Wie unhöflich!« Der Anzugträger stellte seine Aktentasche behutsam neben sich auf den Boden. »Mein Name ist Evander Whiteside. Ich bin Mr Marshalls Testamentsvollstrecker und derjenige, der Sie zu dieser unchristlichen Stunde hierherbestellt hat.« Ein entschuldigendes Lächeln. »Guten Morgen noch einmal.«
Gemurmel, neugierige Blicke, verhaltene Grüße.

»Mit den meisten von Ihnen habe ich ja bereits telefoniert.« Er bückte sich nach seiner Aktentasche. »Eine Mrs Wendy Brown …«
»Das … das bin ich.« Die junge Frau meldete sich wie in der Schule. Dabei drehte sie die Fußspitzen zueinander und sah drein, als hätte sie die Hausaufgaben vergessen.
»Ah, hier ist die Liste.« Whiteside richtete sich wieder auf.
»Mr Christopher Barclay?«
Der Raucher, ein Mann um die fünfzig mit grauen Strähnen, stahlblauen Augen und einem wettergegerbten Gesicht, hob ansatzweise die Hand.
»Mr Edgar Bristol?«
Ein jüngerer Mann rechts neben Peter nickte knapp. Sein schulterlanges braunes Haar hatte er mit einem Gummi zu einem Pferdeschwanz zusammengebunden, der Bob an den Rasierpinsel seines Großvaters erinnerte. Auch solche Schuhe hatte er schon an seinem Opa gesehen. Klobige, abgewetzte Arbeitsstiefel mit dicker Sohle.
»Mrs Wendy Brown, wir haben uns ja gerade schon bekannt gemacht.« Der Anwalt schenkte der schüchternen jungen Frau ein charmantes Lächeln und Wendy lief sofort rot an.
»Mr Carter Godfrey?«
Kaltfinger grinste schief und kratzte sich an seiner krummen Hakennase.
»Mr Chuck Foster?«
»Jep, an Bord.« Stoppelhaar verschränkte die muskulösen Arme vor der Brust. Trotz der niedrigen Temperaturen trug der Mann nur ein T-Shirt, dessen Ärmel jetzt so weit nach oben rutschten, dass Justus den Ansatz eines Tattoos erken-

nen konnte: zwei gekreuzte Dolche, über die sich ein Schriftzug wand.

»Und dann wäre da noch Mr Bob Andrews.«

»Das bin ich.« Der dritte Detektiv machte einen kleinen Schritt nach vorn. »Und die beiden hier sind meine Freunde Justus Jonas und Peter Shaw.«

»Hast du Verstärkung mitgebracht, Kleiner, hm?« Foster lachte dreckig.

Bob sah nicht mal zur Seite.

Whiteside runzelte die Stirn. »Verstehe. Jonas und Shaw, ah ja.« Er steckte die Liste weg und rieb sich die Hände. »Wunderbar! Dann wären wir ja alle. Ich muss Sie nachher natürlich noch bitten, mir Ihre Ausweise zu zeigen. Sie werden verstehen. Formalitäten.« Wieder dieses entschuldigende Lächeln. »Aber das können wir beim Einsteigen erledigen.«

»Einsteigen?« Godfrey zog die Augenbrauen hoch.

Whiteside deutete auf den nicht mehr ganz neuen Bus hinter ihnen. Er atmete tief durch, sah von einem zum anderen. »Ich weiß, dass das alles sehr rätselhaft anmutet. Mir selbst ist ein derartiger Fall auch noch nie untergekommen, und wenn ich ehrlich sein darf, schwanke ich selbst zwischen Verwunderung und Amüsement.«

Foster prustete herablassend. »Amüsement, soso.«

»Ja, ähem. Aber ich führe nur aus, was mir Mr Marshall aufgetragen hat. Und seine Verfügung sieht vor, dass jeder, der sein Erbe antreten will, in diesen Bus einsteigt.«

Barclay zündete sich eine neue Zigarette an. »Und wozu?«

»Wohin fährt denn der Bus?«, fragte Bristol.

Whiteside zuckte die Schultern und bückte sich wieder nach

seiner Aktentasche. »Das entzieht sich meiner Kenntnis. Aber der Zielort steht hier drin.« Er wedelte mit einem weißen Umschlag. »Ich soll den Umschlag dem Fahrer geben –«
»Den wer engagiert hat?«, wollte Godfrey wissen. »Marshall?«
»Nein, das war ich«, erwiderte Whiteside. »Mr Marshall gab mir auch hierzu eindeutige Anweisungen. Ich soll den Umschlag also dem Fahrer geben und der wird Sie dann an einen bestimmten Ort bringen.«
»Dann machen Sie den Umschlag doch jetzt auf, damit wir wissen, wohin es geht«, forderte Barclay.
»Aber … aber das muss der Busfahrer machen.«
»Meine Güte, ob der das nachher oder Sie das jetzt tun, ist doch völlig schnurz«, regte sich Bristol auf. »Marshall wird schon keinen Blitz vom Himmel schleudern – oder wo immer er gerade ist.«
»Na … gut.« Whiteside öffnete den Umschlag und entnahm ihm einen kleinen Zettel. Er stutzte. »Da … stehen nur Nummern drauf. Das sind Koordinaten.«
»Koordinaten? Lassen Sie mal sehen!« Godfrey trat näher und nahm Whiteside den Zettel aus der Hand. »Tatsache. Koordinaten. Keine Adresse, nichts. Was zum Henker …«
Justus ging auf die beiden zu. »Darf ich mir das mal ansehen? Ein wenig bin ich in diesen Dingen bewandert.«
Godfrey grinste. »Siehst auch genau so aus, Dickerchen.«
Der Erste Detektiv verkniff sich einen Kommentar und betrachtete die Zahlen. Ein jüngerer Fall, der sich um Geocaching gedreht hatte, hatte ihn viel über Koordinaten gelehrt. »Das liegt ziemlich genau nördlich von hier. Ich schätze, knapp fünfhundert Kilometer Luftlinie.«

Barclay nahm einen tiefen Zug. »Könnte hinter Fresno liegen. Vielleicht in der Sierra Nevada.«
Sierra Nevada. Justus nickte stumm. Eine vage Ahnung beschlich ihn, wo das Ziel ihrer Reise lag.
»Sierra Nevada!« Foster spuckte die Wörter förmlich aus. »Und was sollen wir da?«
Whiteside zuckte die Achseln. »Tut mir leid. Alles Weitere würde sich, so Mr Marshall, vor Ort klären.«
Für einen Moment herrschte Schweigen. Die drei Jungen sahen sich ratlos an. Was war das hier? Was sollte das alles? Und vor allem: Was sollte Bob tun?
»Hm.« Foster massierte sich seine Oberarme. »Und wir sollen da jetzt alle einsteigen? Einfach so?«
»Niemand muss«, sagte Whiteside. »Es steht natürlich jedem frei. Andererseits besagen Mr Marshalls Verfügungen ganz deutlich, dass nur erbberechtigt ist, wer in den Bus einsteigt und am Zielort anlangt.«
»Können wir diese Verfügungen mal sehen?«, fragte Bristol.
»Das ist leider nicht möglich.« Whiteside zog den Hals ein. »Mandantengeheimnis, Sie verstehen.«
»Was soll's. Wenn der alte Marshall will, dass wir Bus fahren, um an seinen Zaster zu kommen, fahren wir eben Bus.« Foster schulterte einen schäbigen Seesack, der neben ihm auf dem Boden lag, und drehte sich um. »Bin dabei.«
Zur Verwunderung der drei ??? schloss sich ihm Wendy Brown als Nächste an. Godfrey und Barclay folgten und nach einigem Überlegen holte auch Bristol seine Sachen aus dem Auto.
»Und Sie, Mr Andrews?« Whiteside sah Bob fragend an.

Der dritte Detektiv zögerte, tauschte Blicke mit seinen Freunden aus. »Dürfen wir uns kurz beraten?«
»Aber natürlich.« Whiteside zog sich zurück.
Nach wenigen Minuten hatten die drei Detektive einen Entschluss gefasst und baten Evander Whiteside wieder zu sich.
»Ich werde ebenfalls mitfahren«, sagte Bob.
»Sehr schön! Wunderbar!«
»Unter einer Bedingung!«
Whiteside lächelte. »Ich glaube, ich weiß, wie die lautet.«
Bob sah ihn verwundert an.
»Mr Marshall informierte mich, dass Sie, Mr Andrews, vermutlich den Wunsch äußern werden, von Ihren beiden Freunden Mr Jonas und Mr Shaw begleitet zu werden, und dass ich diesem Wunsch gerne stattgeben darf. Lautet so Ihre Bedingung?«
»Äh, ja … genau.«
»Na dann? Darf ich bitten?«, sagte Evander Whiteside und wies mit einer einladenden Geste zum Bus.

Das Tal der Klapperschlangen

Evander Whiteside half noch beim Verladen der Gepäckstücke und kontrollierte die Ausweise. Danach verabschiedete er sich von jedem Einzelnen, überreichte dem Busfahrer den Zettel mit den Koordinaten und stieg wieder aus.
»Viel Erfolg!«, rief er in den Bus, als sich die Tür quietschend schloss, und winkte dabei.
Barclay nickte, Godfrey tippte sich knapp an die Schläfe und Foster grinste so übertrieben, dass man auch noch seine Backenzähne sehen konnte. Dann rollte der Bus mit knirschenden Reifen vom Parkplatz der Halbinsel.
»Okay«, drang die Stimme des Busfahrers knarrend aus den Lautsprechern. »Willkommen an Bord, Leute. Ich bin Sam.« Der füllige Mann mit den roten Pausbacken klopfte sich auf den Schirm seiner Dodgers-Kappe. »Mein Navi sagt mir, dass wir einige Zeit unterwegs sein werden. Wenn ihr auf der Fahrt was trinken wollt, ich hab hier 'n paar Dosen in meinem Cooler.« Er zeigte auf eine riesige Kühlbox, die rechts hinter ihm auf der ersten Sitzbank stand. »Mit einem Dollar seid ihr dabei. Ich würde sagen, in drei Stunden machen wir 'ne kleine Pinkelpause. Ich kenn da in Bakersfield ein Restaurant, Cope's Knotty Pine Café, in dem man super frühstücken kann. Wenn ihr sonst was auf dem Herzen habt, fragt einfach den alten Sam. Und jetzt – gute Fahrt!«
Foster riss einen Witz, der aber vom Motorengeräusch übertönt wurde, und lachte blechern. Die anderen sahen schweigend aus den Fenstern.

Auch den drei Jungen, die sich auf der fleckigen Rückbank des Busses niedergelassen hatten, war nicht nach Reden zumute. Peter knibbelte an seinen Fingernägeln, Bob starrte ins Leere und selbst Justus wirkte nervös und angespannt.
»Ich weiß nicht, Kollegen«, sagte Bob nach einer Weile. Immer noch war sein Blick gedankenverloren. »Ist das wirklich so klug, was wir hier tun? Wenn ich länger darüber nachdenke, ist mir doch nicht so wohl bei der Sache.«
»Mir auch nicht«, pflichtete ihm Peter bei. »Aber irgendwie prickelt es auch, oder? So abenteuermäßig. Und nicht zu vergessen, du könntest bald stinkreich sein.«
»An das Geld denke ich im Moment gar nicht. Ich denke eher an mein Zimmer, unsere Zentrale, den Schrottplatz.« Bob seufzte.
»Im Augenblick verunsichert uns nur, dass wir die Situation nicht adäquat beurteilen können«, schaltete sich Justus ein. »Aber das wird sich sicher bald ändern und ich für meinen Teil kann mich dem Reiz, der diese rätselhafte, mysteriöse Angelegenheit umgibt, nach wie vor kaum entziehen.«
Peter überlegte einen Augenblick. »Das heißt, bei dir prickelt's auch, oder?«
»Wenn du so willst, ja.«
Bob holte seinen Blick aus der Leere zurück. »Na ja, und wenn es wirklich brenzlig werden sollte, können wir ja jederzeit aus der ganzen Sache aussteigen und nach Hause fahren.«
Justus sagte dazu nichts. Wenn ihr Ziel da lag, wo er vermutete, würde das vielleicht schwerer werden, als ihnen lieb war.

In Ventura verließ der Bus den Highway Number One und bog auf die State Route 126 ein. Diese Straße führte sie zunächst nach Nordosten, wie Bob auf der Karte erkannte, die er mitgenommen hatte.

»Und hier, hinter Santa Clarita, nimmt Sam wahrscheinlich den Interstate Five.« Peter zeichnete den Verlauf ihrer mutmaßlichen Route nach.

Justus ließ sich tiefer in seinen Sitz sinken. »Was haltet ihr von unseren Reisegenossen?«, fragte er leise.

Peter machte eine abschätzende Miene. »So lala. Barclay und Bristol scheinen mir ganz in Ordnung, Godfrey und vor allem dieser Foster sind nicht so mein Fall.«

»Geht mir ähnlich«, meinte Bob. »Ist aber nur ein erster Eindruck.«

»Und Wendy?«, fragte Justus.

»Eine ziemlich graue Maus, wenn du mich fragst.« Peter sah zu dem Sitz drei Reihen vor ihnen, hinter dem der aschblonde Pferdeschwanz der jungen Frau zu sehen war. »Ich frage mich, warum sie überhaupt mitgefahren ist. Die ist ja völlig verunsichert und verängstigt. Nicht gerade die besten Voraussetzungen für so einen Trip ins Unbekannte.«

Justus konnte ihm nur zustimmen. »Kollegen, ich denke, wir sollten mehr über die anderen in Erfahrung bringen. Und das nicht nur, weil wir einige Tage mit ihnen verbringen könnten. Wir wissen nicht, was auf uns zukommt, und es kann nur von Nutzen sein, wenn wir diese Leute besser kennenlernen. Außerdem bekommen wir so vielleicht auch neue Informationen, was die mysteriösen Umstände unserer Reise betrifft.«

»Was schlägst du vor?«, fragte Bob.
»Wir mischen uns sozusagen unauffällig unters Volk. Harmlose, unaufdringliche Gespräche. Small Talk. Mal sehen, was dabei herauskommt. Peter könnte –«
»Hallo, Leute!« Von den drei ??? unbemerkt, war Barclay nach vorn zum Busfahrer gegangen und hatte sich das Mikrofon geben lassen. »Ich bin Chris. Whiteside hat uns vorhin ja schon alle kurz vorgestellt. Ich dachte, wir sollten uns mal ein bisschen beschnuppern. Schließlich verbringen wir ein paar Tage miteinander und haben alle dasselbe Ziel.«
»So geht es natürlich auch«, murmelte Justus. Die anderen Reisegenossen sahen aufmerksam zu Barclay.
»Also, was mich angeht«, fuhr der Mann fort, »würde mich vor allem eines interessieren: Hat einer von euch diesen Craig Marshall gekannt oder seid ihr auch alle hier, ohne genau zu wissen, warum und wieso?«
Keiner sagte etwas. Selbst Foster hielt den Mund. Godfrey und Bristol schüttelten die Köpfe, aber das konnte alles Mögliche bedeuten.
»Also keiner. Dann gehe ich davon aus, dass ihr auch alle so einen Schrieb von Marshall bekommen habt, in dem er was von Schicksal und beim Glück bedanken und so schreibt?«
»Ich melde mich mal, oder?« Bob sah seine Freunde an. Justus nickte, Peter schürzte die Lippen.
»Ich habe so einen Brief bekommen, ja«, rief der dritte Detektiv.
Barclay lachte. »Zumindest einer spricht mit mir.«
»Ich auch«, sagte Bristol.
»Ebenfalls«, meinte Godfrey.

»Aha.« Barclay sah zu Foster. »Und Sie, Mr Foster?«
»Geht dich gar nichts an«, blaffte Foster und reckte streitsüchtig das Kinn.
»Natürlich nicht. War nur 'ne Frage. Miss Brown?«
Die junge Frau nickte unmerklich.
Barclay zögerte einen Moment. »Mein Brief hörte ziemlich merkwürdig auf. Zwei völlig sinnlose Zeilen, die nichts mit dem Rest zu tun hatten.«
Die Jungen sahen sich an. Das Harper-Knowsley-Rätsel?
»Ich habe ehrlich gesagt keine Ahnung, was ich damit anfangen soll.« Barclay blickte von einem zum anderen. »Steht bei euch auch so was?«
Bob wollte schon etwas sagen, als Justus ihn zurückhielt. »Lass uns damit noch etwas warten.«
Auch keiner der anderen wollte sich dazu äußern. Godfrey sah aus dem Fenster, Bristol und Wendy zu Boden. Nur Foster glotzte Barclay unverwandt an und grinste.
»Okay, verstehe. Könnte ja wichtig werden.« Barclay zog einen Brief aus seiner Jackentasche und faltete ihn auf. »Ich mache trotzdem den Anfang. Bei mir steht … ›Weder jemals Irdensohn endet, wird wonnevoll ansterblich und fein sein.‹«
Der Mann schaute auf und lächelte ratlos.
Aber immer noch wollte keiner der anderen etwas sagen.
»Ach, kommt schon, Leute!«
Schließlich gab sich Bristol einen Ruck. »Ja, bei mir war auch so 'n Spruch. Ich habe ihn mir gemerkt. Wie ging das noch gleich? ›Kann, der wehrt, kühnes Buch aufnehmen? Bauerhafter Dank siede freventlich hin ewig.‹ Ja, das war's.« Er nickte Barclay zu. »Ich bin übrigens Edgar.«

Wieder warfen sich die drei vielsagende Blicke zu. Diesen Teil des Rätsels kannten sie bereits.
»Danke dir, Edgar. Sonst noch jemand?«
Die drei ??? verständigten sich wortlos. Bob meldete sich und las jetzt auch seine Zeilen vor.
»Danke auch dir, Bob, für dein Vertrauen.« Barclay musterte die drei, die bisher geschwiegen hatten. »Und bei euch?«
Aber weder Godfrey noch Foster oder Wendy antworteten ihm. Und da die drei auch sonst keine Anstalten machten, sich an einem Gespräch zu beteiligen, ging Barclay nach einiger Zeit schulterzuckend zu seinem Sitz zurück.
Peter hatte recht gehabt. Sam nahm die Interstate Nummer fünf. Kurz vor zehn Uhr legten sie einen Zwischenstopp bei Cope's Knotty Pine Café in Bakersfield ein, dann ging es weiter. Nach Norden, immer weiter nach Norden. Immer tiefer hinein in die Berge der Sierra Nevada.
Ab und zu sah Justus auf die Karte und die Ahnung, wohin ihre Reise ging, verdichtete sich immer mehr zu einer Gewissheit. Aber noch wollte er nichts sagen.
Ein wirkliches Gespräch aller Reisenden kam auch im weiteren Verlauf der Fahrt nicht mehr zustande, was vor allem an Godfrey und Foster lag. Peter unterhielt sich ein wenig mit Wendy, die tatsächlich sehr schüchtern war und kaum mehr als Ja oder Nein von sich gab. Justus und Bob redeten mit Barclay und Bristol, doch über Allgemeinplätze gelangten auch ihre Gespräche nicht hinaus. Warum genau die beiden Männer von Marshall ausgewählt worden waren, wieso sie mitgefahren waren, was in ihren Briefen stand, erfuhren die beiden Detektive nicht.

33

Kurz nach Mittag, etwa zwei Kilometer hinter der Abzweigung nach Los Banos, hatten sie eine Panne. Der Keilriemen des Busses riss, was sie gut zwei Stunden Zeit kostete. Am späten Nachmittag, kurz vor Einbruch der Dämmerung, passierten sie eine Stadt namens Sonora, wenige Kilometer östlich des New Melones Lake. Bob fiel am Rand der Stadt ein merkwürdiges Gebäude auf, das an dieser Stelle völlig deplatziert wirkte. Riesengroß, grau, nahezu festungsähnlich. Der dritte Detektiv meinte aus der Ferne sogar massive Zäune gesehen zu haben. Er fragte Sam, ob er wisse, um was es sich handele. Eine Fabrik? Oder eine militärische Einrichtung? Der Busfahrer hatte keine Ahnung.
»Es ist ein Knast«, sagte Barclay, als Bob wieder nach hinten ging. »Ein Hochsicherheitsgefängnis.«
»Hier draußen?«, wunderte sich Bob.
Barclay nickte. »Im Westen liegt der See und im Osten die Sierra Nevada. Und auch sonst wäre es sehr schwierig, aus dieser Gegend abzuhauen. Ein idealer Standort.«
Kurz darauf tauchte der Bus in den Wald ein und nach einer sehr holprigen Fahrt über brüchigen Asphalt voller Schlaglöcher, über Schotterstraßen und zuletzt enge Holzwege hatten sie schließlich eine Stunde später ihr Ziel erreicht.
»Wir sind da.« Sam zeigte nach vorn. »Die Hütte da muss es sein.«
Justus entdeckte an einem Baum ein verwittertes Schild. Er hatte recht gehabt: das Tal der Klapperschlangen. Das Tal, in dem Harper Knowsley die letzten dreißig Jahre seines Lebens verbracht hatte.

Nacht des Grauens

Im schwindenden Tageslicht entluden alle ihr Gepäck. Von außen sah die Hütte, die am Rande einer kleinen Lichtung stand, geräumig und solide aus. Doch der dichte Wald ringsum, die unheimlichen Geräusche und die Einsamkeit hier draußen sorgten für eine beklemmende Atmosphäre.
»Knowsley hat hier gehaust?«, flüsterte Peter erschrocken, als Justus ihm und Bob offenbarte, wo sie waren. »Im Tal der Klapperschlangen? Woher weißt du das?«
»Ich habe gestern Abend noch ein wenig recherchiert.«
»Na super. Beruhigt mich irgendwie gar nicht.«
Als alle ihr Gepäck hatten, schloss Sam die Klappe des Busses und fischte ein Stück Papier aus seiner Tasche. »So, Leute. Ich geb euch noch meine Handynummer.« Er schrieb ein paar Zahlen auf den Zettel, sah sich um und drückte ihn Barclay in die Hand. »Wenn ihr wieder abgeholt werden wollt, sollt ihr mich anrufen.«
»Wie? Sie bleiben nicht hier?« Zum ersten Mal hatte Wendy einen vollständigen Satz gesagt. Leise, fast flüsternd, entsetzt.
»Nee, meine Hübsche, tut mir leid. Ich soll euch nur hier abliefern. Aber wenn ihr mich anruft, bin ich in spätestens zwei Stunden da. Also dann!« Er tippt sich an seine Kappe. »Macht's gut!« Sam stieg in seinen Bus, wendete und holperte über die Lichtung davon. Eine Minute später hatte der Wald die Rücklichter des Busses verschluckt.
»Dann lasst uns mal reingehen.« Barclay nahm seinen Rollkoffer und ging voraus. »Mal sehen, was uns da erwartet.«

Die Hütte machte auch innen einen guten Eindruck. Sauber, ausgestattet mit dem Nötigsten, groß genug für alle. Jeder bekam ein eigenes Zimmer, nur die drei Jungen mussten sich eines, das größte, teilen. Strom lieferte ein Diesel-Generator hinter dem Haus, Fernsehen und Computer gab es allerdings nicht. Die Hütte, so vermutete Justus, wurde ansonsten wahrscheinlich an Touristen vermietet, die sich hier draußen fern aller Zivilisation erholen wollten.

Peter sah sich stirnrunzelnd in dem großen Aufenthaltsraum um. »Zumindest können wir davon ausgehen, dass es nicht Knowsleys Bude war. Und Klapperschlangen kommen hier wohl auch keine rein.«

»Da steht ein Brief!«, rief Bristol in diesem Moment und eilte zu dem großen Tisch in der Mitte. Er nahm das Kuvert, das an einer Kerze lehnte, und öffnete es. »›Willkommen!‹«, las er vor. »›Ruhen Sie sich erst einmal aus, morgen früh erwarten Sie dann weitere Instruktionen.‹ Gezeichnet: Craig Marshall.« Bristol sah irritiert auf. »Der ist von Marshall!«

»Das ist ja 'n Ding!« Foster lachte. »Dann muss der Gute wohl aus seiner Gruft gekrabbelt sein.«

»Vielleicht gehört die Hütte doch Marshall und der Brief steht schon länger hier«, sagte Bob so, dass es nur Justus und Peter hören konnten. »Das ist vermutlich auch alles Teil seines Plans.«

»Möglich«, erwiderte der Erste Detektiv. »Möglich, aber dennoch bemerkenswert.«

»Oder jemand hilft Marshall bei dem, was er mit uns vorhat«, überlegte Peter. »Jemand Lebendiges. Der Generator lief ja auch schon, als wir hier ankamen.«

Peters Theorie erwies sich dann als die wahrscheinlichste, denn auch der Kühlschrank war gut gefüllt. Nach einem kurzen, schweigsamen Abendessen zogen sich schließlich alle in ihre Zimmer zurück. Die drei ??? unterhielten sich noch einige Zeit über Marshall, seinen unsichtbaren Helfer, Harper Knowsley und ihre Reisegenossen. Dann löschte Bob seine Nachttischlampe und das Zimmer versank in lautloser Dunkelheit …

Chemieunterricht. Howard, dieser Stinkeimer, stand neben dem Pult und grinste ihn an. Hob die Hand und kratzte ganz langsam mit seinem Fingernagel über die Tafel. Grässlich! Furchtbar! Peter schauderte es und er bekam eine Gänsehaut. Aber es knirschte und kratzte immer weiter. Ein lang gezogenes, hartes Kreischen. Peter drehte sich zur anderen Seite, zum Fenster. Da war das Geräusch noch lauter! Dieser Ekelbrocken! Warum hörte Howard nicht endlich –
Fenster! Peter setzte sich mit einem Ruck auf. Kein Traum! Fenster! Das Kratzen kam vom Fenster! Jemand kratzte am Fenster!
Wie in Zeitlupe drehte der Zweite Detektiv seinen Kopf und sah nach draußen. Der Anblick ließ sein Blut in den Adern gefrieren! Da, genau vor dem Fenster, glotzte ihn eine hässliche Fratze an! Peter hörte auf zu atmen, brachte keinen Mucks heraus, so geschockt war er. Ein bärtiges Gesicht, verrunzelt und faltig wie altes Leder, dunkle, stechende Augen, die von einem schweren Hut überschattet wurden. Und dieser Fingernagel am Fenster! Spitz und lang wie ein Dolch.

»Uah!«, brach es jetzt endlich aus Peter heraus und er sprang mit einem gewaltigen Satz aus dem Bett.
Justus und Bob erschraken sich fast zu Tode und der dritte Detektiv stieß sich schmerzhaft den Kopf, als er sich in dem Stockbett auf der anderen Seite des Raumes aufsetzte.
»Da draußen! Da draußen!« Peter fuchtelte mit den Armen und zeigte zum Fenster. »Da ist jemand! Knowsley!«
Bevor Justus oder Bob etwas sagen konnten, war Peter aus dem Zimmer gestürmt. Draußen gingen Türen auf und die anderen stolperten nacheinander in den Wohnraum. Der Zweite Detektiv schnappte sich den Schürhaken vom Kamin und rannte zur Tür. Justus und Bob waren dicht hinter ihm, die anderen folgten, ohne zu wissen, was eigentlich los war.
»Was zur Hölle geht denn hier ab?«, rief Godfrey.
»Peter hat jemanden am Fenster gesehen«, erwiderte Bob.
Doch draußen war niemand. Als alle hinter der Hütte angekommen waren, lag die Lichtung ruhig im spärlichen Mondlicht. Irgendwo tönte ein Kauz, eine leichte Brise ging.
»Vielleicht hast du schlecht geträumt«, sagte Barclay.
Peter schüttelte heftig den Kopf. »Nein, da war jemand! Ganz bestimmt! Und er hatte … er sah … er …« Der Zweite Detektiv verstummte. Wenn er jetzt auch noch Knowsleys Fratze beschrieb, würden ihn die anderen sicher für übergeschnappt halten. »Da war jemand.«
»Wanderer werden sich um diese Zeit kaum hier draußen rumtreiben«, meinte Bristol. »Ein Fallensteller vielleicht. Gibt es so etwas heute überhaupt –«
Ein grässlicher Schrei brachte den Mann augenblicklich zum

Schweigen. Ein Schrei aus dem Wald. Der Schrei eines Menschen in Todesangst. Der Schrei einer Frau.
Godfrey zuckte zusammen. »Was um Gottes willen …«
Justus drehte sich hektisch einmal um die eigene Achse. »Wo ist Wendy?«
»Wendy?« Barclay fuhr herum. »Wendy!«
»Das kam von da drüben!«, rief Bristol und stürzte los. »Wendy!«, schrie er laut. »Wendy! Ist dir was passiert?«
»Warten Sie! Wir brauchen Taschenlampen, sonst –« Godfrey hielt unvermittelt inne. »Foster ist nicht hier! Wo zum Geier ist Foster?«
Eine Sekunde starrten sich alle an. Dann rannten die drei ??? ins Haus. Die Jungen sahen in sämtliche Zimmer. Sie waren leer. Niemand außer ihnen war im Haus. Auch nicht in der kleinen Kammer neben dem Hinterausgang – den Bob einen Spalt offen fand!
»Just! Peter! Seht euch das an!«
Der Erste Detektiv kam angelaufen und Bob deutete auf die Holztür. »Die war doch abgesperrt vorhin!« Justus untersuchte das Schloss. »Unversehrt. Kein Kratzer.«
»Kollegen!«, rief plötzlich Peter, der sich noch in einem der Zimmer aufhielt. »Kommt schnell! Hierher!«
Justus und Bob liefen durch den kurzen Gang in den Aufenthaltsraum. Sie sahen Peter in Wendys Zimmer. Er stand über das Bett gebeugt und hielt ein Blatt Papier in der Hand. Barclay, Bristol und Godfrey kamen zur Tür herein.
»Was ist? Habt ihr Taschenlampen gefunden?«, blaffte Godfrey. »Wo bleibt ihr?«
Justus zeigte wortlos in Wendys Zimmer und ging voraus.

39

Der Zweite Detektiv setzte sich auf die Bettkante und sah die Eintretenden sorgenvoll an. Nein, dachte Justus, nicht sorgenvoll. Verwirrt. Erschrocken.
»Das habe ich hier gefunden«, sagte Peter tonlos. Er hob das Blatt Papier und Bob nahm es ihm aus der Hand.
»Zwei handschriftliche Zeilen. Schwer zu lesen. Hier steht ... ›Dir wie Pferden warten nu Zeiten, wen der fernen Städte siegen floh.‹« Der dritte Detektiv stockte, schluckte und sah auf. »Gezeichnet ... Harper Knowsley.«
»Harper Knowsley?« Bristol schüttelte den Kopf. »Wer ist Harper Knowsley?«
Justus blickte Bob für einen Moment ungläubig an. Dann sah er sich in dem Zimmer um und lief zu Wendys Nachtkästchen. In der Schublade fand er, wonach er gesucht hatte.
»Hey, was machst du da?« Barclay deutete unwirsch auf den Brief in Justus' Hand. »Das geht dich nichts an!«
»Ich befürchte, dass uns das alle etwas angeht.« Die Augen des Ersten Detektivs flogen zum Ende des Briefes. »›Dir wie Pferden‹ ... das dachte ich mir.« Er schaute noch einmal in die Schublade und fand ein kleines Büchlein. »Ihr Tagebuch, bestens.«
»Jetzt reicht es aber!«, schimpfte Bristol. »Was soll das?«
Justus ging zu Bob und verglich die erste Seite des Büchleins mit der Schrift auf dem Blatt, das Peter gefunden hatte. Schließlich nickte er und sah auf: »Zwei unterschiedliche Handschriften.«

Vergeltung aus dem Grab

Der Erste Detektiv wollte eben zu einer Erklärung ansetzen, als Chuck Foster die Hütte betrat.
»Was ist denn hier los?« Er knöpfte seine Bomberjacke auf und kam in Wendys Zimmer. »Mitternachtsparty? Cool!«
»Wo warst du?« Barclay durchbohrte ihn mit einem dunklen Blick.
»Ey, was ist dir denn über die Leber gelaufen?«
»Wendy ist verschwunden«, sagte Bristol. »Wir haben ihre Schreie gehört. Aus dem Wald.«
Foster zögerte eine Sekunde. »Ah, verstehe. Und jetzt denkt ihr, ich hätte irgendwie …« Er winkte ab. »Nee, nee. Ich konnte nicht schlafen auf diesem Brett von Bett und bin 'n bisschen durch die Gegend gelatscht, das ist alles.«
»Und das ausgerechnet dann, als Wendy verschwindet.« Godfrey musterte ihn misstrauisch.
»Jetzt mach mal halblang, Alter. Ich hab keine Ahnung, was mit der Maus ist. War nur Luft schnappen. Warum steht ihr eigentlich noch hier rum? Warum sucht ihr sie nicht?«
»Mr Foster hat recht«, sagte Justus. »Wir haben schon zu viel Zeit verloren.«
Ausgerüstet mit den Taschenlampen der drei Jungen und zwei weiteren, die sich in der Hütte gefunden hatten, machten sie sich auf die Suche nach Wendy. Drei Trupps durchstreiften den nächtlichen Wald in unterschiedliche Richtungen und riefen dabei immer wieder Wendys Namen. Doch die junge Frau war wie vom Erdboden verschluckt. Keine

abgebrochenen Zweige, keine Fußspuren, kein verlorenes Kleidungsstück lieferte einen Hinweis auf ihr Verschwinden. Nach einer halben Stunde gaben die Männer und die drei ??? die Suche auf.

»Wir müssen es bei Tagesanbruch noch einmal versuchen«, sagte Justus, als alle wieder in der Hütte versammelt waren. »In dieser Dunkelheit wäre es purer Zufall, wenn wir auf ein Indiz stießen.«

»So lange warte ich sicher nicht.« Barclay holte sein Handy aus seiner Jackentasche. »Ich rufe jetzt die Polizei.«

Während Barclay das Telefon einschaltete, fiel Bristol das Blatt Papier in die Augen, das Peter in Wendys Zimmer gefunden hatte und das jetzt auf dem großen Tisch lag. »Wer ist Harper Knowsley?«, fragte er Bob. »Ihr habt vorhin den Eindruck gemacht, als hättet ihr den Namen schon mal gehört.«

»Mist!«, fluchte Barclay. »Kein Netz! Ich krieg hier draußen kein Netz! Versucht ihr es mal!«

Bristol und Godfrey holten ihre Mobiltelefone hervor. Peter eilte in ihr Zimmer, wo das Firmenhandy der drei ??? auf seinem Nachttisch lag. Doch weder ihm noch den beiden Männern gelang es, eine Verbindung herzustellen.

»Nichts!«, fauchte Godfrey. »Absolut tote Hose. Wir sitzen in einem verdammten Funkloch!«

»Vielleicht ist es nur ein zeitlich bedingtes Phänomen«, sagte Justus. »Womöglich hilft uns auch ein Wechsel der Örtlichkeit weiter.«

Foster verzog das Gesicht. »Sag mal, redest du immer so geschwollen?«

Der Erste Detektiv ignorierte ihn. »Peter, versuchst du's mal?«
»Geht klar.« Der Zweite Detektiv lief nach draußen.
Bristol sah wieder zu Bob. »Also?«
»Sie meinen die Sache mit Harper Knowsley?«
»Genau.«
Der dritte Detektiv zögerte und suchte Blickkontakt mit Justus. Die Männer spürten, dass es da offenbar etwas gab, was sie nicht wussten, und waren auf einmal sehr aufmerksam.
Justus nahm das Blatt Papier vom Tisch. »Diese rätselhaften Zeilen am Ende der Briefe, die Sie alle von Mr Marshall erhalten haben, entstammen einem Text, den ein gewisser Harper Knowsley hinterlassen hat.«
In den folgenden Minuten informierte Justus die anderen über alles, was die drei ??? bisher über den sagenumwobenen Fallensteller und sein Rätsel herausgefunden hatten. Die Blicke seiner Zuhörer wurden dabei immer konzentrierter und durchdringender.
»Nuggets?«, war das Erste, was Foster dazu einfiel, als Justus zu Ende gesprochen hatte. »Der Kerl hatte Nuggets gebunkert? Irgendwo hier in der Gegend?«
»Und keiner weiß bis heute, wie man seine Sprüche lesen muss?«, wollte Godfrey wissen.
»Harper Knowsley. Noch nie gehört.« Bristol versank in nachdenkliches Schweigen.
Barclay setzte sich auf einen der Stühle und fixierte Justus eine Weile. »Wie kommt es, dass ihr darüber so gut Bescheid wisst?«

Foster fuhr herum. »Ja, genau! Wieso wisst ihr von dem Kram und wir nicht? Ihr steckt mit diesem Marshall unter einer Decke, stimmt's? Los, raus mit der Sprache!«
Bob schüttelte den Kopf. »Wir haben einfach unsere Hausaufgaben gemacht und ein wenig recherchiert.«
»Im Rahmen unseres Detektivunternehmens, das wir in Rocky Beach betreiben«, setzte Justus hinzu.
Peter kam herein. Seine Miene war Aussage genug. »Nichts. Ich bin sogar auf einen Baum geklettert. Im Umkreis von fünfhundert Metern tut sich gar nichts.«
»Sch…eibenkleister!«, fluchte Foster. »Wie soll uns dann dieser Sam abholen? Wir hocken fest in dieser beknackten Baumwüste.«
»Ihr seid Detektive?« Godfreys Augen bekamen einen merkwürdigen Ausdruck. Argwöhnisch, wissend.
»So ist es«, erwiderte Justus.
»Erster, Zweiter, dritter Detektiv.« Peter deutete auf Justus, sich und Bob.
»Tick, Trick und Track«, murmelte Bristol. Aber eigentlich sah er nicht so aus, als wollte er einen Witz machen.
»Wie auch immer.« Barclay stand wieder auf. »Dann müssen wir zu Fuß Hilfe holen. Wir haben keine Wahl.«
»Das wird schwierig«, meinte Bob. »Wir sind zuletzt über eine Stunde kreuz und quer mit dem Bus durch den Wald gefahren. Und dabei etliche Male abgebogen. Auf der Karte, die wir dabeihaben, sind die meisten Wege gar nicht drauf.«
»Es geht Richtung Westen, das muss reichen.«
»Aber wenn wir uns verirren, kommt für Wendy vielleicht jede Hilfe zu spät«, wandte Justus ein. »Hat eigentlich

irgendjemand ein Navi auf dem Handy?« Allgemeines Kopfschütteln.
Barclay dachte nach. Schob den Unterkiefer nach vorn, mahlte mit den Zähnen und dachte nach. »Was schlagt ihr vor?«
»Wir sollten die Nacht hierbleiben und uns bei Sonnenaufgang auf die Suche nach Wendy machen«, sagte Justus. »Danach sehen wir weiter.«
»Und du bist jetzt der Oberboss, oder was?«, schnauzte ihn Foster an.
Justus holte eine ihrer Visitenkarten aus seiner Tasche, legte sie auf den Tisch und sah dem Mann direkt in die Augen. »In Anbetracht der Tatsache, dass wir als Detektive ein gerüttelt Maß an Erfahrung in solchen Angelegenheiten vorzuweisen haben, und weil uns eine dieser Erfahrungen gelehrt hat, dass in Situationen wie dieser eine gewisse Strukturiertheit durchaus sinnvoll ist, sind wir gern bereit, die Aktionen zu koordinieren und im Bedarfsfall die Ermittlungen zu organisieren, möchten uns aber natürlich nicht aufdrängen.«
Foster sah ihn an wie einen Waldgeist. »Hä? Was war das?«
Barclay lachte leise. »Ich finde eure Idee gut. Ich glaube, ich habe sogar mal was über euch in der Zeitung gelesen. Einer muss tatsächlich das Sagen haben, und wenn ihr es wirklich draufhabt, warum nicht? Sind alle einverstanden?«
»Das ist doch Blödsinn!«, rief Foster. »Drei Bubis, die jetzt Sherlock ... Dingsbums spielen.«
»Dann sagen Sie uns, was wir jetzt tun sollen, Mr Foster!«
»Ich würde ... also, wenn ich ... zuallererst ... würde ich dann mal ...«

Barclay nickte. »Genau. Das dachte ich mir.«
Bristol griff nach der Karte.

> **Die drei Detektive**
> Wir übernehmen jeden Fall
>
> ???
>
> Erster Detektiv:
> Justus Jonas
> Zweiter Detektiv:
> Peter Shaw
> Recherchen und Archiv:
> Bob Andrews

»Und wofür stehen die drei Fragezeichen?«
»Für alle noch ungelösten Rätsel«, informierte ihn Bob.
Bristol zuckte die Schultern. »Meinetwegen. Okay.«
»Einen Moment noch.« Godfrey ließ seinen Blick durch die Runde schweifen. »Mal ganz ehrlich, Leute. Warum seid ihr alle wirklich hier, hm? Was mich betrifft: Ich war nie ein Sonnenschein. Von wegen hilfsbereit, Nächstenliebe und so 'n Kram. Ja, ich bin ein ziemliches Aas und hab noch nie freiwillig was für andere getan, ich geb's ja zu. Deswegen fand ich den Schmus, den der alte Marshall da zusammengefaselt hat, auch von Anfang an Schwachsinn. Ich bin hier, weil ich die Kohle brauche, ziemlich dringend sogar. Und wenn ich mir den Rest so ansehe, dann geht's euch genauso, oder?« Dann lächelte er die drei Jungen zuckersüß an. »Wo ich euch allerdings hinstecken soll, weiß ich noch nicht.«
»Worauf wollen Sie hinaus?«, fragte Barclay.
»Gleich. Ihr seid alle wegen dem Zaster hier, oder?«

Keiner widersprach. Foster nickte sogar verhalten.
»Und den Friedensnobelpreis hat auch noch keiner von euch bekommen, oder?«
»Wovon sprechen Sie?« Barclay schüttelte den Kopf.
»Sag ich Ihnen.« Godfrey zeigte mit dem Finger auf ihn. »Zählen wir doch mal zwei und zwei zusammen. Wir haben vier Typen, die an Marshalls Geld wollen. Mindestens einer von denen«, er hob seinen Finger, »ist alles andere als ein weich gespülter Omas-über-die-Straße-Bringer. Von euch anderen weiß ich das nicht, aber Chuck, du warst auch nicht immer Mamas Liebling, nicht wahr?«
Foster lächelte mit hochgezogener Lippe.
»Und dann haben wir noch drei Detektive hier, die angeblich schon jeder Menge böser Jungs auf die Füße gestiegen sind. Was sagt uns das?«
»Sagen Sie es uns«, meinte Bristol.
»Okay, ich sag's Ihnen. Das mit dem Schotter können wir uns abschminken. Hier geht es um etwas ganz anderes.« Er machte eine kurze Pause und sah andeutungsvoll von einem zum anderen. »Um Rache! Es geht um Rache! Marshall hat uns hier in diese Wildnis gelockt, um sich an uns zu rächen. Um einen nach dem anderen von uns fertigzumachen. Weil wir alle was auf dem Kerbholz haben, weil ihm jeder von uns mal in die Quere gekommen ist. Diese Art von Schicksal hat Marshall oder Knowsley oder wer auch immer gemeint. Vielleicht steckt ja sogar einer der hier Anwesenden dahinter? Und mit Wendy hat er angefangen.«

Köpfe in der Schlinge

An Schlaf war für den Rest der Nacht nicht mehr zu denken. Die jüngsten Ereignisse machten es nach Justus' Ansicht auch unbedingt erforderlich, die Situation genau zu analysieren und das weitere Vorgehen zu planen. Deshalb berief der Erste Detektiv eine Lagebesprechung der drei ??? ein, nachdem sich alle anderen wieder in ihre Zimmer zurückgezogen hatten.
Auch Justus stellte seinen Stuhl in die Mitte des Zimmers und rückte die Kerze noch etwas näher. »Okay, Kollegen, Kriegsrat.«
»Einen Moment.« Peter stand noch einmal auf und zog die Vorhänge der beiden Fenster zu. »So fühle ich mich wesentlich wohler.«
Justus wartete, bis sein Freund wieder Platz genommen hatte. »Machen wir zunächst eine Bestandsaufnahme. Was haben wir?«
»Hm.« Bob überlegte, womit er beginnen könnte. »Sechs Personen – mit euch beiden acht –, die hierhergefahren wurden, weil sie einen ihnen unbekannten Mann beerben wollen. Sechs Personen, von denen eine eben entführt wurde.«
Justus kniff die Lippen zusammen. »Lasst uns ganz korrekt sein. Wir wurden nicht hierhergefahren, sondern jeder hat sich freiwillig hierherfahren lassen.«
»Macht das einen Unterschied?«, fragte Peter.
»Womöglich. Es sagt etwas aus über die Motivlage eines jeden, warum er hier ist. Und das wiederum lässt unter Um-

ständen Rückschlüsse auf die Motivlage unseres Gastgebers zu.«

»Aber was soll daran so spannend sein?«, hakte Peter nach.

»Es gibt wahrscheinlich nur wenige Menschen, die Nein sagen würden, wenn man ihnen eine Menge Geld anbietet.«

»Das schon. Aber man muss das Geld schon sehr dringend brauchen, wenn man sich auf eine Sache wie diese hier einlässt. Godfrey hat das offen zugegeben und auch von den anderen hat keiner in Abrede gestellt, dass es auf ihn zutrifft.«

Der Zweite Detektiv kratzte sich nachdenklich am Kinn. »Und was hat das jetzt mit Marshall zu tun?«

»Denk nach!«, forderte Justus seinen Freund auf.

Das hatte Bob schon getan. »Du glaubst nicht mehr an die Geschichte mit dem Erbe, oder?«

Justus sah seinen Freund an. »Du?«

Bob schüttelte den Kopf. »Nein, eigentlich nicht. Ist nur so ein Gefühl, aber ich glaub's auch nicht mehr.«

»Dann denkt ihr, dass Godfrey recht hat?« Peter verschränkte die Arme. »Dass es tatsächlich um Rache geht? Wir haben Feinde, Godfrey sagt von sich selbst, dass er ein Aas ist, und Foster ist sicher auch kein Sonntagsschüler. Barclay und Bristol scheinen zwar ganz in Ordnung, aber wir wissen ja aus Erfahrung ganz genau, dass das nichts heißen muss.«

Justus ließ Peters Eingangsfrage unbeantwortet. Er schaute eine Weile in die Kerze, dachte nach. »Und auch die Entführung betreffend würde ich gerne eine Korrektur anbringen. Objektiv betrachtet ist Wendy *verschwunden.*«

Peter hob die Hände. »Aber du hast sie doch auch schreien hören!«

»Ja. Und?« Justus zuckte die Schultern. »Könnte gestellt gewesen sein. Vielleicht sollen wir nur glauben, dass sie entführt wurde.«
Der Zweite Detektiv war gar nicht einverstanden. »Und hier ...« Er deutete zum Fenster. »Unser Freund Knowsley? Das habe ich mir doch nicht eingebildet?«
Justus zögerte mit einer Antwort, was Peter sofort aufbrachte. »Ich habe das nicht geträumt, Just! Da war jemand! Okay, nachher war er weg und wir haben auch nichts gefunden. Aber vor diesem Fenster da stand ein Typ mit Lederhut, einem Gesicht wie ein alter Baum und Fingernägeln, um die ihn jeder Grizzly beneiden würde. Und genau so stelle ich mir Knowsley vor. Und der hat sich Wendy geschnappt!«
Justus versuchte, nicht zu herablassend zu klingen. »Ein seit mehr als hundert Jahren toter Trapper?«
»Was weiß denn ich?« Peter zog die Stirn in Falten. Ja, warum nicht?, dachte er für sich. Im Gegensatz zu Justus konnte er sich sehr wohl vorstellen, dass es mehr Dinge zwischen Himmel und Erde gab, als sich seine Schulweisheit träumen ließ. Gerade in so einem verwunschenen Riesenwald.
»Auch das könnte so beabsichtigt gewesen sein«, lenkte Bob ein. »Wir sollten denken, dass sich Knowsley hier herumtreibt.«
»Aber nur *wir* wissen von Knowsley«, gab Justus zu bedenken. »Die anderen hatten seinen Namen noch nie gehört und daher hätte diese Knowsley-Ausgabe schon genau wissen müssen, wo unser Zimmer ist.«
»Das sagen die anderen, dass sie ihn nicht kennen«, konterte Bob.

»Touché.« Justus nickte. »Wir wissen zu wenig über unsere Reisegefährten, als dass wir uns blindlings auf ihre Aussagen verlassen dürften.«

Peter hatte sich wieder beruhigt. »Foster wusste, wo unser Zimmer ist. Und er war eine ganze Weile nicht da. Vielleicht hat er sich als Knowsley verkleidet.«

»Könnte sein.« Justus lehnte sich nach vorn und stützte die Ellenbogen auf die Knie. »Die Lage präsentiert sich also noch ausgesprochen unübersichtlich. Hinzu kommt die nicht unbedeutsame Tatsache, dass wir hier draußen keinen Handy-Empfang haben. Und«, er richtete sich wieder auf und seufzte, »ich habe nach wie vor nicht den Hauch einer Ahnung, was es mit diesen vertrackten Rätselsprüchen auf sich haben soll. Welche Rolle spielen sie in diesem ganzen Fall? Gehören sie zusammen? Steht jeder für sich? Warum haben wir einen davon auf Wendys Bett gefunden?«

»Unterschrieben mit Harper Knowsley«, setzte Peter hinzu. »Und nicht von Wendy.«

Schweigen. Die drei ??? brüteten angestrengt über den Zusammenhängen, während auf dem Boden die Kerzenflamme knisterte. Durch die Wand drang ein leises Quietschen. Offenbar konnte Foster nicht schlafen und wälzte sich im Bett hin und her.

»Wir hätten unbedingt noch genauer recherchieren müssen, bevor wir hierherkamen«, sagte Bob schließlich in die Stille hinein. »Letztendlich wissen wir nicht einmal, wer genau dieser Marshall war, was er gemacht hat, bevor er gestorben ist – und was er mit dieser Hütte zu tun hat.«

»Und den Text aus dem Internet hätten wir auch in Gänze

ausdrucken und mitnehmen sollen.« Justus stand auf und begann, im Zimmer auf und ab zu gehen. »Ich bin mir sicher, dass der Schlüssel zu all diesen Merkwürdigkeiten in jenem Rätsel liegt. Warum sonst hat jeder der Beteiligten einen Abschnitt aus Knowsleys letztem Text erhalten? Warum lagen diese Verse auf Wendys Bett, in einer Handschrift, die nicht ihre ist? Jemand will, dass wir uns damit befassen!« Der Erste Detektiv blieb stehen. »Wir müssen dieses Rätsel lösen, Kollegen! Ich glaube, dass wir dann einiges sehr viel klarer sehen werden.«

»Und wenn es nur um Wendy ging?«, sagte Peter. »Vielleicht wollte unser Unbekannter nur an sie ran?«

Justus schüttelte den Kopf. »Und holt dazu einen ganzen Bus hier in den Wald? Nein! Hier geht es nicht nur um Wendy. Außerdem hätte er sich dann den Zettel auf ihrem Bett sparen können. Das war ein Hinweis an uns, eine Nachricht!«

»Das heißt, unsere Köpfe stecken womöglich auch in der Schlinge.« Bob nickte. »Und vermutlich hast du recht, Just. Wenn wir da noch heil rauskommen wollen, müssen wir das Rätsel lösen. Aber«, er hob hilflos die Hände, »wie? Wie sollen wir das anstellen? Solche Texte sind uns bisher noch nie untergekommen, oder täusche ich mich?«

Der Erste Detektiv sah auf seine Uhr. »Halb vier. Bis Sonnenaufgang sind es noch etwas mehr als zwei Stunden. Machen wir uns an die Arbeit, Kollegen! Wir haben bis jetzt noch jedes Rätsel geknackt. Das wäre doch gelacht!«

Die drei ??? waren im Besitz von zwei Rätselsprüchen, Bobs und dem auf Wendys Bett. An Barclays und Bristols Texte

konnte sich selbst Justus mit seinem phänomenalen Gedächtnis nicht mehr genau erinnern. Aber je mehr Rätselzeilen ihnen zur Verfügung standen, desto mehr Chancen hatten sie vielleicht bei der Entschlüsselung. Also klopften Peter und Bob leise an die vier Zimmertüren, um nach den Texten zu fragen. Barclay, der ohnehin nicht geschlafen hatte, überließ ihnen bereitwillig seinen Brief, und auch Bristol, der noch einmal eingenickt war, gab ihnen nach einigem Zögern eine Abschrift seines Rätsels. Godfrey sah dazu allerdings keine Veranlassung und Foster öffnete nicht einmal seine Tür, sondern scheuchte Peter grob davon.
»Ich soll mich ver-ihr-wisst-schon-was, hat er mich angeraunzt.« Peter grunzte missmutig und legte Bristols Text auf den Tisch in ihrem Zimmer. »Wichtigtuer!«
»Okay, vier Texte haben wir.« Justus ließ seinen Blick über die Blätter schweifen. »Gehen wir's an!«
In den folgenden zwei Stunden wandten die drei ??? jede nur erdenkliche Technik zur Entschlüsselung von Texten an, die sie im Laufe ihrer langjährigen detektivischen Praxis kennengelernt hatten. Sie suchten nach Mustern, ordneten die Buchstaben anders, setzten Zahlen ein, lasen die Texte von hinten, spiegelten sie, falteten die Blätter, stellten sie auf den Kopf, gruppierten die Wörter um, prüften einige klassische Verschlüsselungsverfahren, die sich ohne Computer nachvollziehen ließen. Bei Bobs und Barclays Briefen, den Originaldokumenten, versuchten sie es sogar mit chemischen und physikalischen Verfahren: Sie hielten die Blätter über eine Kerzenflamme und bestäubten sie mit Grafitpulver, das sie von einem Bleistift abgeschabt hatten.

Aber was sie auch taten, Knowsleys Rätsel behielt sein Geheimnis für sich. Kein einziger sinnvoller Text ergab sich aus all den Versuchen, die die drei Detektive unternahmen. Als Barclay kurz nach Sonnenaufgang an ihre Tür klopfte, waren die Jungen müde, erschöpft und frustriert.
»Langsam bekomme ich das Gefühl, dass da jemand ein ganz perfides Spiel mit uns treibt.« Justus wischte sich über die schmerzenden Augen. »Das kann doch alles nicht sein! Wir haben nichts, gar nichts!«
»Ich will nur noch schlafen«, stöhnte Peter. »Zwei Wochen schlafen.«
Doch an Schlaf oder Ruhe war jetzt am allerwenigsten zu denken. Nach einem kurzen Frühstück und einigen Schlucken bitterem Kaffee packten die drei ??? ihre Rucksäcke. Kurz darauf trafen sich alle vor der Hütte. Die Suche nach Wendy konnte beginnen.

Tödlicher Biss

»Und, ihr Champs? Wie wollen wir's angehen?« Foster grinste abfällig. Als Einziger hatte er auf einen Rucksack oder eine Tasche verzichtet. Dafür trug er ein schwarzes Muscle-Shirt mit einem aufgedruckten Totenkopf. Und in dem breiten Ledergürtel seiner Militärhose steckte ein gewaltiges Bowie-Messer.
Justus zog das Handy der drei ??? aus seiner Jackentasche und schaltete es ein. »Lassen Sie uns zunächst alle noch einmal überprüfen, ob wir jetzt ein Netz bekommen.«
»Keine Chance.« Barclay schüttelte den Kopf, nachdem er es versucht hatte.
»Nichts«, meinte Bristol. »Ich hab's vorhin schon gecheckt.«
Auch Godfrey hatte keinen Erfolg und Justus ebenfalls nicht. Foster hatte nach eigener Aussage gar kein Handy dabei. Und in der Wildnis sei das eh nur was für Weicheier.
»Wir können das ja immer wieder mal testen.« Der Erste Detektiv steckte das Handy wieder ein. »Okay. Ich würde vorschlagen, dass wir in die Richtung gehen, aus der Wendys Schrei kam.« Justus zeigte nach Osten in den Wald. »Dann teilen wir uns in drei Gruppen auf und suchen systematisch die Gegend ab. Drei Stunden sollten reichen, denke ich. Wenn wir bis dahin Wendy nicht gefunden haben, müssen wir uns etwas anderes überlegen.«
Godfrey machte ein kritisches Gesicht. »Ich finde das Quatsch. Wir verplempern doch nur Zeit. Wenn wir jetzt aufbrechen und uns den Weg aus dem Wald bis zur nächs-

ten Siedlung suchen, können wir Alarm schlagen und Wendy ist viel schneller geholfen.«
»Wenn wir den Weg finden und uns nicht verirren, vielleicht«, meinte Bob. »Wenn nicht, verplempern wir noch viel mehr Zeit.«
Godfrey grunzte skeptisch.
»Also um neun Uhr wieder hier an der Hütte?«, fragte Bristol.
Justus nickte. »Wenn alle einverstanden sind, würde ich mit Ihnen zusammen gehen, Mr Godfrey. Peter und Mr Barclay bilden die zweite Gruppe und Bob zieht mit Ihnen beiden los.« Der Erste Detektiv sah Bristol und Foster an.
»Kannst du vergessen, Junge«, sagte Foster. »Ich brauch kein Kindermädchen. Meine Lady reicht mir als Begleitung völlig.« Er zog sein Bowie-Messer aus der Scheide und fuhr mit dem Daumen an der blitzenden Klinge entlang. »Ich warte dann mit der Kleinen in der Hütte auf euch. Hasta la vista!« Damit drehte er sich um und lief in den Wald. Nach Westen.
»Da geht's lang!«, rief ihm Barclay hinterher und zeigte in die andere Richtung.
»Jaja, schon klar!« Foster winkte ab und lief weiter.
»Idiot!«, murmelte Barclay.
Justus lächelte. »Dem möchte ich nichts hinzufügen. Hoffen wir einfach mal, dass es sich für Mr Foster nicht als Nachteil erweisen wird, allein unterwegs zu sein.«
»Und wenn schon.« Bristol zuckte die Schultern.
Zu sechst machten sie sich auf den Weg. Auf den ersten hundert Metern blieben sie noch alle zusammen und suchten

gemeinsam nach Spuren, die vielleicht einen Hinweis auf das gaben, was sich gestern Nacht ereignet hatte. Doch da war nichts. An manchen Stellen der Lichtung war das Gras zwar zertreten, aber das konnte auch von Tieren herrühren. Und im Wald selbst machte der harte Boden die Hoffnung zunichte, auf deutliche Fußabdrücke zu stoßen.

»Achtet auf moosige und feuchte Stellen«, sagte Justus. »Vielleicht finden sich da Abdrücke. Und auf Schleifspuren. Wenn Wendy entführt wurde, ist sie vermutlich nicht freiwillig mitgegangen. Auch abgebrochene Zweige und Äste können einen Hinweis liefern. Und wenn wir ganz viel Glück haben, hängt vielleicht irgendwo ein Fetzen Stoff.«

»Und rufen!«, ergänzte Bob. »Immer wieder nach ihr rufen.«

»Hast du auch noch 'n Tipp?« Godfrey nickte Peter herablassend zu. »So 'n alten Indianertrick vielleicht?« Er hatte offensichtlich überhaupt keine Lust auf die Suche nach Wendy. Aber allein bleiben wollte er allem Anschein nach auch nicht.

Peter lag zwar eine schnippische Antwort auf der Zunge, aber er sparte sie sich. Jetzt ging es um Wendy. Und je weniger Missstimmung herrschte, desto besser für sie.

Sie teilten sich auf. Osten, Nordosten, Südosten. Da die drei ??? sogar an ihre Walkie-Talkies gedacht hatten, als sie zu Hause die Rucksäcke gepackt hatten, stellte die Kommunikation kein Problem dar. Sie verglichen noch ihre Uhren, wünschten sich viel Glück und zogen los. Schon nach wenigen Augenblicken hatten sich die drei Paare in dem schattigen Nadelwald aus den Augen verloren.

57

Nach einigen Minuten blieb Barclay stehen und fasste sich an die Kehle. »Dieses dauernde Rufen geht ganz schön auf die Stimmbänder, nicht wahr?«, rief er Peter zu, der drei Bäume weiter rechts lief. »Habt ihr heute Nacht eigentlich was rausgefunden? Ich meine wegen diesen Rätseln?«
Der Zweite Detektiv blieb ebenfalls stehen. »Nein. Diese Texte haben es wirklich in sich. Bis jetzt tappen wir noch völlig im Dunkeln.«
»Was erhofft ihr euch eigentlich davon?«
»Ich weiß nicht. Vielleicht sind wir alle nur hier rausgelockt worden, um dieses Rätsel zu lüften. Und das Erbe war der Köder.« Peter hob die Schultern. »Einen weiteren Hinweis darauf oder eine Anweisung gab es heute Morgen jedenfalls nicht mehr.«
»Stimmt«, fiel Barclay auf. »In dem Brief, der auf dem Tisch stand, war das ja angekündigt. Ihr denkt also, jemand will an die Nuggets von diesem Knowsley, bekommt es aber selber nicht hin, dessen Rätsel zu lösen, und spekuliert jetzt darauf, dass wir für ihn die Drecksarbeit erledigen? Damit er sich anschließend das Gold unter den Nagel reißen kann?«
»Wäre denkbar«, bestätigte Peter.
»Aber warum ausgerechnet wir? Wieso sollten wir schaffen, was diesem Typen nicht gelingt? Ich hatte mal einen Laden für Zoobedarf. Fische, Hamster, Vögel vor allem und was man dafür braucht. Was hätte ich mit Rätseln zu tun?«
Der Zweite Detektiv zuckte die Achseln. Ja, dachte er bei sich, warum wir? Doch dann fuhr ihm ein kalter Schauer über den Rücken. Die Antwort auf diese Frage war vielleicht recht einfach. Denn es gab sicher nicht viele Menschen, die

so gut im Lösen von Rätseln waren wie Justus, Bob und er. Wie die drei ???.

Justus hatte sich das nicht freiwillig ausgesucht. Klar war nur gewesen, dass keiner von ihnen mit Godfrey *und* Foster zusammen loszog. Schon einer von beiden war eine Herausforderung, beide wären eine Strafe gewesen. Am Ende hatte das Los entschieden, dass Justus mit Godfrey gehen sollte. Doch im Grunde lief der Erste Detektiv allein durch den Wald. Godfrey trabte lustlos hinterher, maulte vor sich hin und wollte immer woandershin als Justus. Der Erste Detektiv hatte zeitweise das Gefühl, mit einem Dreijährigen unterwegs zu sein.
Aber urplötzlich änderte sich die Situation. Wieder einmal hatte Justus den Mann für einen Moment aus den Augen verloren. Als er sich umwandte, war er zunächst überrascht, Godfrey auf vier Uhr zu sehen. Gerade war sein Schatten hinter einem großen Stein verschwunden. Dabei hätte er schwören können, seine schlurfenden Schritte genau hinter sich gehört zu haben, auf sechs Uhr. Doch dann erblickte er ihn wirklich. Genau hinter sich. Der Erste Detektiv zuckte zusammen. Wer war dann das auf vier Uhr gewesen?
»Hallo?« Justus blieb stehen. »Ist da wer?«
Godfrey sah sich erschrocken um und war mit wenigen Schritten bei Justus. »Was ist? Hast du jemanden gesehen?«
»Ja, ich glaube schon.« Justus war sich auf einmal nicht mehr ganz sicher. Ein Tier? Ein Lichtreflex? »Da vorn.«
»Hinter dem Stein?« Godfrey wirkte plötzlich einen halben Kopf kleiner. Hasenfuß, dachte Justus.

»Ja, sehen wir mal nach.«
»Sollten wir nicht besser den anderen Bescheid sagen?« Godfrey deutete auf das Walkie-Talkie in Justus' Hand.
»Ich denke, das schaffen wir auch noch –«
Auf einmal knackte das Funksprechgerät. »Just! Peter! Schnell!«, ächzte Bob wie unter großen Schmerzen. »Schnell!«

Alles eine Sache der Erfahrung, dachte Bob. Während er und seine Freunde noch einmal die Toilette aufgesucht hatten, bevor es losgegangen war, hatte Bristol daran natürlich nicht gedacht. Und prompt hatte sich nach einer Viertelstunde seine Blase gemeldet. Aber vielleicht war es ja auch die Aufregung gewesen – was ebenfalls eine Sache der Erfahrung war.
Während Bristol hinter einer kleinen Ansammlung von Büffelbeersträuchern verschwand, wartete Bob an einen Baum gelehnt und dachte noch einmal über Knowsleys Rätsel nach. So große Schwierigkeiten hatten sie selten beim Entschlüsseln gehabt. Zwei Minuten später dachte er immer noch an den Text, eine weitere Minute später machte er sich zum ersten Mal Gedanken, wo Bristol blieb, und nach fünf Minuten beschlich ihn ein mulmiges Gefühl.
»Mr Bristol?«
Keine Antwort.
Bob drückte sich von dem Baum ab. »Mr Bristol? Hallo? Alles in Ordnung?«
Wieder nichts.
»Mr Bristol? Hören Sie mich?«
Tat er offenbar nicht. Jedenfalls sagte er nichts.

Bob ging langsam auf die Sträucher zu. »Hallo? Sind Sie noch da? Mr Bristol?«
Der dritte Detektiv lief um die Büffelbeersträucher herum, schob sogar an manchen Stellen das dichte Laubwerk beiseite, aber Bristol war nicht da. Und er antwortete nicht auf Bobs Rufen. Der Mann war verschwunden. Als hätte es ihn nie gegeben.
Gerade wollte Bob das Walkie-Talkie einschalten, als er etwas auf dem Boden liegen sah. Einen Zettel. Tief unter einem der Büsche. Er kniete sich unter die überhängenden Zweige, kroch noch ein Stück weiter nach vorn und streckte die Hand aus. Er musste den Kopf wegdrehen, weil ihm sonst die Dornen ins Gesicht gepikt hätten. Aber da irgendwo – Bob tastete den Boden ab – musste er sein. Irgendwo da vorn.
Plötzlich zuckte ein jäher Schmerz durch seine linke Hand! Als hätte ihm jemand ein Messer in den Daumenballen gerammt. Ein Biss, wurde Bob schlagartig klar! Etwas hatte ihn gebissen! Der dritte Detektiv riss die Hand zurück. Zwei kleine Punkte! Tal der Klapperschlangen, jagte es durch sein Hirn. Nein! Panik flutete durch seinen Körper. Er rollte zur Seite und drückte auf die Sprechen-Taste des Funkgeräts: »Just! Peter! Schnell!« Die Bissstelle brannte wie Feuer. »Schnell!«

Donner am Himmel

Als Peter seinen Freund nach zehn Minuten gefunden hatte, war dem dritten Detektiv bereits klar, dass ihn keine Klapperschlange gebissen hatte. Die Wundstelle war nicht angeschwollen, tat kaum noch weh, ihm war nicht schwindelig oder übel, sein Herz raste nicht. Bob kannte die Symptome eines Klapperschlangenbisses – und er hatte sie nicht.
»Und mit dir ist wirklich alles okay?« Peter legte seinem Freund die Hand auf die Schulter. »Vielleicht braucht das Gift einige Zeit?«
»Nein, mir geht es gut. War vor allem der Schrecken. Viel mehr Sorgen müssen wir uns im Moment –«
»Da hat es geraschelt!«, unterbrach Barclay den dritten Detektiv und zeigte unter einen der Büsche. »Genau da!«
»Ja, das Vieh sitzt da immer noch drin, glaub ich.«
Barclay suchte sich einen Ast. »Sehen wir doch mal nach.«
»Mr Barclay, das ist jetzt wirklich egal. Viel wichtiger –«
Barclay bückte sich und stocherte mit dem Ast unter dem Strauch herum. Hierhin. Dorthin. »Sag das nicht! Vielleicht war es eine andere Schlange, deren Gift langsamer wirkt.«
Plötzlich hörten sie ein unterdrücktes Fiepen und kurz darauf schoss ein längliches, kleines Tier mit braunem Fell unter dem Busch hervor und jagte hopsend durch den Wald davon.
Barclay richtete sich auf. »Ein Langschwanzwiesel.« Er lächelte Bob zu. »Nicht giftig. Vielleicht hat es seine Beute da unten gebunkert. Oder seine Jungen sind da drin.«

Bob blähte die Backen. »Okay, ein Langschwanzwiesel. Aber was ich eigentlich sagen wollte –«
»Nicht abbinden!« Justus tauchte zwischen den Stämmen auf mit Godfrey im Schlepptau. »Nicht abbinden!«, rief er laut. »Hörst du! Leg dich hin! Bleib ganz ruhig!«
Bob stöhnte ungeduldig und wartete, bis der Erste Detektiv bei ihm war. »Alles in Ordnung, Just.«
»Bei Klapperschlangenbissen darf man die Pressure-Immobilisations-Methode nicht anwenden!« Justus hatte seinem Freund gar nicht zugehört. Sein Gesicht war hochrot und verschwitzt, er selbst völlig außer Atem. »Wir müssen dich absolut ruhigstellen!«
Peter schaute sich irritiert um. »Wo ist eigentlich Bristol?«
»Genau!«, stieß Bob hervor. »Das will ich euch schon die ganze Zeit sagen! Bristol ist verschwunden! Und mir geht's gut, Just! Es war ein Langschwanzwiesel!«
Es passierte nur sehr selten, dass der Erste Detektiv so verwirrt dreinsah wie eben jetzt. »Ich verstehe kein Wort.«
Bob ging zu dem Busch, unter dem er gebissen worden war. »Bristol musste mal, kam aber dann nicht wieder! Als ich nach ihm suchte, sah ich diesen Zettel da.« Er deutete auf das Stück Papier und Barclay angelte mit einem Ast danach. »Ich wollte ihn holen und da hat mich das Vieh gebissen.«
»Langschwanzwiesel«, murmelte Justus.
Barclay hatte das Blatt hervorgeschoben und bückte sich. »Zwei Zeilen. Handgeschrieben. Hier steht: ›Kann, der wehrt, kühnes Buch aufnehmen? Bauerhafter Dank siede freventlich hin ewig.‹« Der Mann sah auf. Ein verstörter Ausdruck legte sich über seinen Blick, und seine Stimme

senkte sich zu einem Flüstern, als er hinzufügte: »Unterzeichnet: Harper Knowsley. Unterstrichen, mit drei Ausrufezeichen.«

»Hallo? Seid ihr das?« Fosters Stimme. Kurz darauf trampelte der Mann durch einen Horst dürren Reitgrases. »Dacht ich mir's doch! Na, alles senkrecht? Habt ihr die Kleine?«

Barclay musterte ihn argwöhnisch. »Haben Sie sich verlaufen, oder was?«

»Ich? Verlaufen? Blödsinn!«

Er *hat* sich verlaufen, dachte Peter.

»Schon komisch«, fuhr Barclay fort, »dass Sie ausgerechnet immer dann auf der Bildfläche erscheinen, wenn kurz zuvor jemand verschwunden ist.«

Foster streckte den Brustkorb vor. »Was? Wer ist verschwunden? Wovon reden Sie?«

»Mr Bristol ist verschwunden«, sagte Justus. »Und wir haben wieder eine Nachricht von Knowsley.«

Foster machte einen Schritt auf Barclay zu. »Und das soll auf meine Kappe gehen? Willst du das damit sagen?«

Barclay blieb ihm eine Antwort schuldig, wich aber seinem Blick nicht aus. Für einen Moment sah es so aus, als würden sich die beiden Männer gleich an die Gurgel gehen.

Godfrey wandte sich zum Gehen. »Ihr könnt hier machen, was ihr wollt, Leute, aber ich gehe jetzt zur Hütte zurück und bleibe da. Wir haben Proviant für mindestens eine Woche und irgendwann wird dieser Busfahrer schon nach uns gucken kommen. Oder der Anwalt wundert sich, warum er nichts von uns hört. Jedenfalls mache ich keinen Schritt mehr aus der Hütte. Hier läuft ein Verrückter herum und ich will nicht sein nächstes Opfer sein. Nein danke, ohne mich.«

Barclay schüttelte den Kopf. »Die Hütte ist nicht sicher. Wir sollten uns nur holen, was wir unbedingt brauchen, und uns dann sofort auf den Weg nach Westen machen. Wir folgen den Busspuren und werden bestimmt bis zum Nachmittag irgendeinen Ort erreicht haben. Von da aus können wir dann Hilfe holen.«

»Was seid ihr nur für Memmen!« Foster ließ abermals sein Messer blitzen. »Ich bin dafür, dass wir jetzt Jagd auf diesen Heini machen. Wir ziehen ihm das Fell über die Ohren und dann kümmern wir uns wieder um den Zaster. So würd ich's machen.«

Justus trat zu Barclay. »Darf ich?«, fragte er und zeigte auf den Zettel.

»Was? Äh, klar, sicher.«

Der Erste Detektiv las die beiden Zeilen noch einmal. *Bauerhafter*. Das Wort war ihm schon aufgefallen, als er es vor ein paar Tagen im Internet gelesen hatte. Genauso wie *gerner*. Diese Wörter gab es nicht. Auch *ansterblich* gab es nicht, das Wort aus Barclays Text. Es gab dauerhafter und unsterblich und … Werner. Oder ferner.

»Was meint ihr?« Barclays Blick wanderte von Justus zu Peter und dann Bob.

»Ihr Plan ist sicher der vernünftigste«, erwiderte Justus. »Und keiner sollte ab jetzt mehr allein bleiben, das ist zu gefährlich.«

Godfrey schüttelte trotzig den Kopf. »Ich setze keinen Fuß vor die Hütte!«

»Denken Sie an Wendy!«, sagte Bob. »Die Hütte ist kein sicherer Ort.«
»Ach, kommt schon, Leute!« Foster schnitt mit seinem Messer ein paarmal durch die Luft. »Blasen wir dem Kerl die Lichter aus! Wir sind zu sechst! Ihr werdet euch doch nicht einen Haufen Kohle durch die Lappen gehen lassen, nur weil hier irgendein irrer Hasenschreck durchs Gebüsch hopst? Vielleicht ist das alles ein abgekartetes Spiel von diesem Bristol und der Kleinen, die die Moneten für sich haben wollen?«
Justus blieb völlig gelassen. »Damit wären es schon zwei Irre. Und Mr Barclay könnte auch noch mit von der Partie sein. Oder ich. Oder Bob und ich. Woher wollen Sie wissen, Mr Foster, wer alles dahintersteckt? Nein, nur wenn wir alle zusammenbleiben, sind wir vor weiteren bösen Überraschungen einigermaßen sicher.«
Godfrey grunzte, Foster grunzte. Aber mehr Zustimmung, das wusste Justus, würde er ihnen im Augenblick nicht entlocken können.
»Und«, fuhr der Erste Detektiv fort, »es ist wirklich wichtig, dass wir von Ihnen beiden auch noch die Rätselsprüche aus Ihren Briefen bekommen. Das könnte für uns im entscheidenden Moment sehr hilfreich sein.«
Dreißig Minuten später waren alle zurück in der Hütte. Während Peter auch die Sachen seiner Freunde einpackte, verarztete Justus Bobs Wunde. Im Medikamentenschrank hatte er eine desinfizierende Tinktur gefunden, die er reichlich auf die Wunde gab.
»Die Farbe dieses Mittels geht kaum ab und wird dich noch einige Zeit zieren«, sagte Justus lächelnd. »Aber eine Infek-

tion sollte jetzt kein Thema mehr sein – und das ist die Hauptsache.«
Bob betrachtete die bräunliche Soße, die über seine Hand und seinen Unterarm rann. Anschließend klebte ihm Justus noch ein Pflaster auf die Wunde und legte ihm mit etwas Mühe einen Handgelenksverband an.
»Warte, die Uhr.« Bob löste das Band seiner Armbanduhr. »Mach sie mir bitte an der anderen Seite dran.«
Justus nahm die Uhr und schlang sie um Bobs rechtes Handgelenk.
»Schön ist anders, Mr Nightingale.« Bob besah sich das wilde Gewickle und grinste.
»Pass lieber auf, dass dir das Zeug nicht auch noch in die Achselhöhlen läuft.« Justus zeigte auf ein feines Rinnsal, dass sich bereits seinen Weg auf Bobs Oberarm gebahnt hatte. Dann versorgte er sich noch mit Verbandsmaterial, Pflastern und Aspirin aus dem Schrank und stand auf. »Lass uns Peter helfen, wir müssen los.«
Als auch die drei Männer gepackt und sich zu den drei ??? im Aufenthaltsraum gesellt hatten, traten Godfrey und Foster zu Justus. Wortlos drückten sie ihm jeweils ein Blatt Papier in die Hand. Der Erste Detektiv nickte und steckte die Zettel ein.
Plötzlich vernahmen alle ein merkwürdiges Geräusch. Merkwürdig vor allem deshalb, weil es nicht in diese abgelegene Wildnis passen wollte. Peter hatte es im ersten Moment für Donner gehalten, aber der Himmel war wolkenlos. Es war auch kein Donner: zu gleichmäßig, in der Lautstärke stetig zunehmend.

»Das ist ein Hubschrauber!« Bob sprang auf. »Da kommt ein Hubschrauber!«
Alle stürzten ins Freie. Ein Hubschrauber!
»Vielleicht sind es Park-Ranger?«, rief Peter. »Oder Leute von der Brandwacht?«
Draußen suchten sie den Himmel ab. Das Donnern kam aus Westen. Und immer noch näherte es sich, kam genau auf sie zu.
»Verteilt euch auf der Lichtung!«, befahl Justus. »Und winkt, was das Zeug hält!«
Dann, von einer Sekunde auf die andere, war der Hubschrauber über ihnen. Ein schwarzes Ungetüm, das scheinbar nur eine Handbreit über die Wipfel der Bäume schoss. So niedrig, dass Peter unwillkürlich den Kopf einzog und Bob die Hände hochriss, um sich vor dem ohrenbetäubenden Lärm zu schützen.
Alle winkten, schrien, hüpften, Godfrey rannte dem Helikopter sogar ein Stück hinterher. Doch sie hatten keine Chance. In nicht einmal zwei Sekunden war der Hubschrauber über sie hinweggedonnert und verschwand hinter den Bäumen im Osten.

Zopf oder kahl

»So ein Mist!«, schimpfte Godfrey. »Warum haben die uns denn nicht gesehen? Sind die blind?«
»Die waren viel zu schnell«, erwiderte Bob, »die konnten uns gar nicht sehen.«
Justus deutete nach Westen. »Also los. Wir schaffen das auch so.« Peter und Bob schlossen sich ihrem Freund an, die anderen folgten mehr oder weniger begeistert.
»Waren das ihre Rätselsprüche, die dir Foster und Godfrey drinnen noch gegeben haben?«, fragte Bob, als sie die Lichtung verließen und den Wald betraten. Er blickte zu der Jackentasche, in die Justus die beiden Blätter gesteckt hatte.
»Wir sehen sie uns gleich an«, antwortete der Erste Detektiv. »Aber zuerst müssen wir uns orientieren.«
»Da ist der Bus langgefahren.« Peter zeigte nach rechts zu einem Waldweg, der sich zwischen den Bäumen einen sanften Hang hinabschlängelte.
»Bestens.« Justus bog ein. Dann holte er die Zettel hervor. »Was haben wir denn hier? ›Wenn denn Leder juchzet, Mensch macht Ost, ihr bleich gewesen.‹ CG. Der ist von Godfrey.«
»Das kennen wir doch schon von dieser Internetseite, oder?«, erinnerte sich Bob.
»Richtig.« Der Erste Detektiv las den Text noch einmal. »Und alle Wörter darin gibt es«, murmelte er.
»Wovon sprichst du?«, fragte Peter.
»Gleich.« Justus nahm sich den zweiten Spruch vor. »Ah,

Fosters Rätsel kennen wir noch nicht: ›Ins Untere neigen Zentauren mich sehr. Elle alter Beheimnisse glänzt, wer dank Kelten willfährt.‹« Der Erste Detektiv begann wieder, seine Unterlippe zu kneten. »Sehr interessant, in der Tat.«
»*Beheimnisse*«, sagte der dritte Detektiv. »Das Wort gibt es ebenfalls nicht.«
»Genau wie *bauerhafter*, *gerner* und *ansterblich*«, entgegnete Justus. »Wörter aus Bristols, deinem und Barclays Text. Aber bemerkenswert ist auch, dass sich hier ein Wort findet, das wir schon kennen. Ebenfalls aus deinem Text, Bob.«
Der dritte Detektiv sah sich Fosters Zeilen noch einmal an. »*Elle*! Du hast recht! Das kam bei mir auch vor. Elle am Besen oder so.«
»Das könnte bedeuten, dass das Wort für Knowsley irgendwie wichtig war«, meinte Peter. »Vielleicht hat er sich den Arm ein paarmal gebrochen? Oder seine Freundin hieß so? Elle. Die Kurzform von … ähm … Isabella … Cornelia … Tusnelda. Oder so.«
Justus hob den Daumen. »Genau. Tusnelda. Absolut überzeugend.«
»Na ja«, verteidigte sich Peter. »Der Typ soll ja ziemlich seltsam gewesen sein. Vielleicht hatte er eine Vorliebe für Frauen mit schrägen Namen?«
»Elle.« Bob besah sich seinen eigenen Unterarm. Genau entlang seiner Elle verlief eine der braunen Schlieren des Desinfektionsmittels, das immer noch nicht ganz getrocknet war. »Die Elle war doch früher auch eine Maßeinheit. Und im Französischen gibt es das Wort meines Wissens ebenfalls. Die French Fries, eine der neuen Gruppen, die Sandler unter

Vertrag hat, haben einen Song, der so heißt.« Der dritte Detektiv, der sein Taschengeld bei der Musikagentur von Sax Sandler aufbesserte, versuchte das Lied zu summen. Aber die Melodie wollte ihm nicht mehr einfallen.
»Das französische *elle* ist ein Personalpronomen und bedeutet *sie*.« Justus legte die Stirn in Falten. »Das mit der Maßeinheit ist womöglich eine gute Idee. Aber irgendetwas sagt mir trotzdem, dass wir das Rätsel anders angehen müssen.«
Peter blieb stehen. »Angehen ist das Stichwort, Kollegen. Rechts oder links?« Er zeigte auf die Weggabelung vor ihnen.
»Was ist?« Godfrey kam nach vorn. »Warum bleibt ihr stehen?«
Justus überlegte einen Moment. »Wir gehen rechts, Sie drei bitte links. Nur ein kleines Stück. Ich denke, wir sollten irgendwo Reifenabdrücke des Busses finden, dann wissen wir, wo es weitergeht.«
Der Erste Detektiv sollte recht behalten. Und auch wieder nicht. Denn beide Gruppen fanden Reifenspuren. Doch es war nicht festzustellen, welche zu ihrem Bus gehörten.
»Und jetzt, Mr Lederstrumpf und Anhang?« Foster bedachte die drei ??? mit einem spöttischen Blick.
Nach einer kurzen Diskussion entschied man sich für den linken Weg, der fast genau nach Westen zu verlaufen schien, während der rechte nach Nordwesten zeigte. Aber natürlich konnte sich das wieder ändern …
Der Wald wurde schroffer, wilder. Auf steile Anstiege folgten jähe Abhänge, kleine Schluchten taten sich auf, riesige Felsbrocken türmten sich zu beiden Seiten des Fahrwegs, in der Ferne rauschte ein Wasserfall. Auch die Bäume um sie

herum veränderten ihren Charakter. Wahre Baumriesen mit gewaltigen Stämmen wuchsen in den Himmel und bildeten ein undurchdringliches, grünes Dach, das nur wenig Sonnenlicht passieren ließ. Die drei Jungen kamen sich wie winzige Ameisen vor, die durch einen gigantischen Saal mit tausenden von Säulen liefen. Kühl war es in diesem Saal nicht. Da die Bäume auch jedes Lüftchen draußen hielten, war die Luft drückend und schwül.

Die drei nahmen sich wieder die Texte vor. Justus hatte auch die anderen Rätsel griffbereit, sodass sie jetzt zum ersten Mal in der Lage gewesen wären, alle Sprüche miteinander zu vergleichen und auf Muster, Ähnlichkeiten und Wiederholungen zu überprüfen. Doch sehr intensiv konnten sich die drei Jungen damit nicht befassen, da der Wald und der Weg sie auch körperlich mehr und mehr forderten.

»Hier kann doch kein Bus fahren!«, ächzte Bob, als sie wieder einmal eine steile Steigung hinaufklommen. »Ich kann mich nicht erinnern, dass wir hier langgekommen sind.«

»Es war … ziemlich … dunkel.« Der Erste Detektiv schnaufte bereits wie eine alte Lokomotive.

»Ich glaube auch, dass es der andere Weg gewesen wäre«, meinte Peter.

»Aber der hier … führt immer noch … nach Westen.« Justus wischte sich den Schweiß von der Stirn. »Was macht deine Wunde, Bob?«

»Ist okay. Aber von dem Zeug hättest du wirklich weniger drauftun sollen. Das suppt jetzt schon durch den Verband.«

»Ich kann dir nachher einen neuen Verband anlegen. Wir sollten ohnehin mal eine kurze Rast einlegen.«

Erneut war es Peter, der es als Erster sah. »Ich fürchte, das müssen wir sogar.«
Justus und Bob folgten seinem ausgestreckten Finger.
»Oh nein!«
»Das ist aber jetzt nicht wahr!«
»Das einzig Gute daran ist«, sagte Peter, »dass wir jetzt wissen, dass wir auf dem richtigen Weg sind. Über diese Brücke da sind wir gefahren, das weiß ich sicher.«
»Richtig. Aber jetzt fährt da niemand mehr drüber«, stellte Bob nüchtern fest.
Vor ihnen lag eine Schlucht, über die eine schmale Holzbrücke führte. Geführt hatte. Denn jetzt waren von dieser Brücke nur noch Trümmer übrig. In der Mitte klaffte eine gut fünf Meter breite Lücke.
»Wie konnte das passieren?« Barclay schüttelte den Kopf. »Eine Sturzflut? Aber es hat doch seit gestern nicht geregnet.«
»Vielleicht ein Felssturz?« Godfrey sah den steinigen Abhang hinauf, der auf der anderen Seite der Schlucht begann.
»Ich befürchte, dass die Brücke zerstört wurde«, sagte Justus und zeigte auf ein paar verkohlte Stellen an den Holzbohlen. »Das könnten Spuren von Detonationen sein.«
»Gesprengt?«, rief Foster. »Die Säcke haben die Brücke gesprengt? Wieso, zum Teufel?«
Bob sah sich besorgt um. »Ich bin mir nicht sicher, ob ich das wirklich wissen will.«
Sie mussten einen anderen Weg über die Schlucht finden. Im Norden wurde die Schlucht immer breiter und ein Überweg war nirgendwo zu sehen. Nach einiger Zeit drehte die

kleine Gruppe daher um und versuchte ihr Glück im Süden. Und dort hatten sie Erfolg. Oder zumindest bot sich ihnen eine Chance. Eine schmale, sehr wackelig aussehende Hängebrücke führte hier über die Schlucht, die an dieser Stelle gut zwanzig Meter tief war.
Bob trat an den Beginn der Brücke und setzte einen Fuß auf die erste Planke. Sie knirschte bedenklich. »Die ist schon uralt.« Er griff nach den Tauen, die zu beiden Seiten der Brücke als eine Art Geländer dienten. »Und diese Seile hier machen mir auch nicht den solidesten Eindruck.«
»Ich geh da nicht rüber!« Godfrey tippte sich an die Stirn. »Bin ich wahnsinnig?«
»Ich mache den Anfang«, sagte Barclay und trat vor.
Justus hielt ihn zurück. »Bei aller Wertschätzung Ihres Mutes – Bob sollte gehen. Er ist der Leichteste von uns.« Er sah zu seinem Freund. »Geht das mit deiner Hand?«
Der dritte Detektiv nickte. »Ich denke schon.« Eine Spur blasser als noch vor einer Minute trat Bob wieder auf die erste Planke und fasste die Seile zu beiden Seiten.
»Sei vorsichtig!«, mahnte Peter mit belegter Stimme.
»Schon klar.« Bob machte einen ersten Schritt. Das Brett unter ihm knarrte und die Brücke begann leicht zu schaukeln. Aber sie hielt.
»Achte auf deinen Körperschwerpunkt!«, rief ihm Justus zu. »Er sollte möglichst an einer Stelle bleiben, dann schwingt die Brücke nicht so sehr.«
»Ich muss aber schon da rüber, oder?«, flachste Bob.
Die anderen lachten erleichtert. Offenbar sah die Sache schwieriger aus, als sie war.

In der Mitte der Brücke fehlte auf einem kurzen Stück jede zweite Planke, aber auch das war nicht weiter problematisch. Nach weniger als zwei Minuten war Bob drüben heil angekommen. »Okay, der Nächste, bitte!«
Godfrey machte sich auf den Weg, dann folgte Peter. Barclay war sicher der Schwerste von allen, also musste jetzt Justus oder Foster über die Brücke.
»Was wiegen Sie?«, fragte Justus.
Foster maß den Ersten Detektiv mit abschätzigen Blicken. »Etwa so viel wie du. Obwohl ich einen Kopf größer bin.« Er gackerte hämisch. »Wir werfen eine Münze, okay? Zopf oder kahl? Äh …« Foster kicherte. So cool, wie er sich gab, war er offensichtlich doch nicht. »Kopf oder Zahl?«
Justus gewann. Zahl. Der Erste Detektiv machte sich auf den Weg. Langsam tastete er sich vorwärts. Das mit dem Schwerpunkt war gar nicht so einfach. Oder die anderen hatten das besser im Griff gehabt. Jedenfalls fing die Brücke bedrohlich an zu schwanken.
Justus zählte die Planken. Eine. Und noch eine. Die nächste. Dann kam die Lücke. Seine Schritte wurden größer. Eine Planke. Auslassen. Nächste Planke. Auslassen. »Zopf oder kahl« fiel ihm ein. Warum kam ihm das jetzt in den Sinn? Zopf oder kahl? Zopf oder –
Und dann fiel es ihm wie Schuppen von den Augen! Natürlich! Das Rätsel! Auslassen! Zopf oder kahl! Ha!
»Leute! Ich weiß jetzt, wie man das Rätsel –«
Plötzlich schrie Bob auf.

In der Gewalt des Geistes

Justus erstarrte auf der Brücke, Peter taumelte nach hinten, Godfrey sprang an den Rand der Schlucht.
Eine Gestalt war unvermittelt aus dem Wald getreten. Großer Hut, verschlissene Lederkluft, von der überall lange Fransen herabhingen, bärtiges, zerfurchtes Gesicht, schwarze, böse funkelnde Augen. Aber noch viel furchteinflößender als die Augen waren die schmutzstarrenden Hände mit den dolchartigen Fingernägeln. Mit der Linken hielt er ein gewaltiges Jagdmesser an Bobs Kehle.
»Das ist Knowsley!« Peter zeigte mit zitterndem Finger auf den Fremden. »Er war am Fenster! Er war's!«
»Hey!«, schrie Barclay und stürzte auf die Brücke. »Was soll das?«
Irgendwo unter Justus riss eines der Seile. »Nicht! Zurück!« Der Erste Detektiv ging unwillkürlich in die Knie.
»Ich mach dich kalt!«, brüllte Foster und wedelte mit seinem Messer, während der Trapper Bob noch fester umklammerte.
Wieder schrie Bob schmerzerfüllt auf. Knowsley hatte Bobs verletzte Hand gepackt, riss sie nach hinten und drehte sie ihm auf den Rücken.
»Zurück! Los!« Knowsley funkelte Peter und Godfrey an. Er flüsterte nur. Heiser und undeutlich. Als hätte er seit Jahrhunderten mit keiner lebenden Seele mehr gesprochen.
Peter konnte sich nicht von der Stelle bewegen, Godfrey starrte in den Abgrund, als suchte er dort nach einer Flucht-

möglichkeit. Justus zögerte einen Moment, drehte sich vorsichtig um und ging dann langsam nach hinten. Was sollte er anderes tun? Was konnten sie tun? Er warf Bob einen verzweifelten Blick zu. Was wollte Knowsley von seinem Freund? Was würde mit Bob geschehen?
»Los jetzt!« Knowsley drückte die Klinge tiefer in Bobs Hals. Der dritte Detektiv röchelte.
Peter torkelte langsam auf die Brücke zu. »Kommen Sie mit, Godfrey!« Er streckte dem Mann die Hand hin. »Kommen Sie!«
Godfrey zitterte am ganzen Leib und schaute Peter an, als wäre er der Geist. Schockstarre, dachte der Zweite Detektiv. »Machen Sie schon!« Peter packte ihn einfach am Arm. Dann bewegte er sich mit ihm auf die Brücke zu.
Justus hatte die andere Seite wieder erreicht. Foster tigerte auf und ab und schleuderte wütende Flüche hinüber, Barclay überlegte, sah nach links und rechts.
»Vergessen Sie's«, sagte Justus tonlos. »Hier gibt es keinen anderen Weg über die Schlucht.«
Als Peter mit Godfrey die Brücke erreicht hatte und der Mann wieder einigermaßen bei Sinnen war, konnte der Zweite Detektiv gar nicht so schnell schauen, wie Godfrey auf der anderen Seite war. »Du Waschlappen!«, knurrte er ihm hinterher.
Peter wollte schon zurück zu den anderen gehen, als er sich noch einmal zu Knowsley und Bob umdrehte. Der Trapper hatte einen Schritt auf ihn und die Brücke zu gemacht. Offenbar wartete er darauf, dass der Zweite Detektiv endlich verschwand. Und Peter ahnte, warum.

77

»Lassen Sie meinen Freund gehen!« Das war keine Bitte, sondern ein Befehl. Peters Stimme vibrierte vor Zorn.
»Rüber da!«, zischte Knowsley. »Sonst geht's ihm an den Kragen!«
»Hören Sie!« Der Zweite Detektiv ballte die Fäuste und kniff die Augen zu Schlitzen zusammen. »Wenn Sie meinem Freund auch nur ein Haar krümmen, dann schwöre ich Ihnen, dass ich Sie jage! Ich werde Sie finden! Sie haben keine Chance! Nicht die geringste!«
Für einen Moment zögerte Knowsley. In seinen schwarzen Augen glomm Verwunderung auf. Oder Unsicherheit? Aber er hatte sich sofort wieder im Griff. »Na sicher.« Er lachte boshaft. »Und jetzt auf Nimmerwiedersehen!«
Peter sah Bob an. Der dritte Detektiv versuchte ein schwaches Lächeln.
»Wir sehen uns, Zweiter! Stell schon mal die Cola kalt!«, krächzte Bob.
Peter lächelte nicht. »Wir finden dich, Bob, wir finden dich! Halte durch!« Dann drehte er sich um und lief über die Brücke.
Knowsley wartete, bis der Zweite Detektiv drüben war. Anschließend trat er ganz nah an die Brücke und stellte sich seitlich zu ihr. Justus konnte erkennen, dass der Trapper immer noch die Hand seines Freundes umklammert hatte. So fest, dass Bobs Finger fast so weiß waren wie der Verband, der an den Knöcheln begann.
»Hört zu!« Knowsleys raue Stimme wehte auf die andere Seite. »Löst mein Rätsel, hört ihr? Löst es! Dann hat euer Freund vielleicht noch eine Chance!« In einer blitzschnellen Bewe-

gung ließ er das Messer sinken und schnitt das linke Seil durch. Die Brücke kippte zur Seite. »Aber beeilt euch! Meine Geduld hat Grenzen!«

Justus spürte, wie ihn eine Idee durchzuckte. Eine Sekunde dauerte es noch, bis sie Gestalt annahm, dann konnte er sie fassen. »Warten Sie!«, rief er hinüber. »Warten Sie!«

»Was?«, zischte Knowsley.

»Ich kann Ihr Rätsel lösen! Ich weiß, was es bedeutet!«

Peter blickte seinen Freund verwirrt an. »Du weißt es?«

»Was? Woher?«, entfuhr es Barclay.

»Du weißt, wo der Zaster ist?« Foster ließ sein Bowie-Messer sinken.

»Ich … ich weiß es!«, rief Justus noch einmal über die Schlucht hinweg. Man konnte förmlich sehen, wie es hinter seiner Stirn arbeitete.

Knowsley bewegte sich nicht von der Stelle. »Das … das ist unmöglich!« Auch er wirkte irritiert.

»Nein, warten Sie … das Rätsel bedeutet … Moment!« Justus zog einen der Zettel aus der Tasche. »Hier! ›Ins Untere neigen Zentauren mich sehr. Elle alter Beheimnisse glänzt, wer dank Kelten willfährt.‹« Er hatte Fosters Text erwischt. »Das heißt …« Der Erste Detektiv schnaufte heftig. Seine Augen fraßen sich in das Papier, seine Lippen formten unhörbare Worte. »Also, es bedeutet …«

»Wird das noch was?«, bellte Knowsley herüber.

Die anderen starrten Justus atemlos an.

»Was heißt es?« Fosters Blick war glasig vor Gier.

»Ja! Was?« Auch Godfrey erwachte plötzlich wieder zum Leben.

»Dieses Rätsel sagt aus, dass …« Justus zögerte. Er blinzelte und seine Stirn legte sich in Falten. »… dass alle Geheimnisse, dass sich uns alle –« Er brach ab. »Ich nehme ein anderes Rätsel, ja? Nur eine Sekunde, eine Sekunde nur!«
»Du verschwendest meine Zeit!« Knowsley setzte das Messer auf das rechte Seil.
»Nein!«, schrie Peter.
»Wo ist denn nun der Schatz?« Foster hatte nur Augen für Justus. »Weißt du's jetzt oder weißt du's nicht?«
Der Erste Detektiv starrte den Mann an. Etwas in ihm machte klick. »Natürlich.« Er griff in die Tasche und fischte einen der anderen Zettel daraus hervor. »Mr Knowsley!«, rief er dem Trapper zu. »Unter der Hütte! Unter Ihrer alten Hütte haben Sie den Schatz versteckt! Hier steht es!« Justus tippte energisch auf das Blatt in seiner Hand.
Knowsley wandte sich wieder um. Langsam, zögernd. »Wovon sprichst du, Junge?«
»Ihr Schatz! Liegt unter Ihrer alten Hütte! Und die stand … dort, wo sich jetzt die neue befindet! So ist es, nicht wahr?«
Für einen Augenblick herrschte völliges Schweigen. Sechs Augenpaare waren verwundert, ungläubig, ja fassungslos auf Justus gerichtet. Selbst Bob blinzelte verwirrt.
»Unsinn!«, krächzte Knowsley. »Ausgemachter Unsinn! Du kannst das nicht wissen!« Sein Messer schnitt in das Seil.
»Nein!«, schrien Justus und Peter fast gleichzeitig.
Doch es war vergebens. Mit einem leisen Rauschen schwang die Hängebrücke durch die Luft und schlug nach einer gefühlten Unendlichkeit krachend gegen die Felswand.

Ein grauenhafter Fund

Knowsley warf Bob herum, bohrte ihm seitlich des Rucksackes das Messer in den Rücken und stieß ihn vor sich her. »Los, vorwärts!«
»Nicht!«, schrie Peter. »Nein!«
Knowsley reagierte nicht. Unbeirrbar schritt er hinter dem dritten Detektiv auf den Wald zu.
»In *der* Hütte?« Foster zeigte in die Richtung, aus der sie gekommen waren. »In dieser Hütte? In der wir die letzte Nacht verbracht haben?«
Justus und Peter hörten gar nicht hin. Gelähmt vor Angst und Sorge blickten sie auf die andere Seite der Schlucht, wo der Geist des Trappers mit ihrem Freund zwischen den Stämmen verschwand.
Peter formte mit seinen Händen einen Trichter. »Bob! Wir machen uns sofort auf den Weg! Wir finden dich, hörst du?«
»Tun Sie ihm nichts!«, rief Justus. »Bitte! Tun Sie ihm nichts!«
Foster hatte sich schon halb zum Gehen gewandt. »Aber … wir können uns doch erst die Kohle holen, oder? Dauert ja nicht lang.« Zum ersten Mal zeigte sich ein echtes Lächeln auf seinem grobem Gesicht, ein glückliches Kleine-Jungen-Lächeln.
Godfrey nickte. »Sehe ich auch so. Warum nicht?«
Barclay schlug sich vor die Stirn. »Ihr habt wirklich nicht alle Latten am Zaun! Wie könnt ihr jetzt nur an das Geld denken?«

»Wir gehen zu der anderen Brücke zurück.« Justus löste seinen Blick von dem dunklen Waldstück, in dem er Bob zuletzt gesehen hatte. »Irgendwie müssen wir es über die Schlucht schaffen und ich glaube, dass es uns da noch am ehesten gelingen könnte.«
»In Ordnung.« Peter schulterte seinen Rucksack und lief voraus. Justus und Barclay folgten ihm auf dem Fuß.
»Aber ... aber der Schatz! Unser Erbe!« Foster sah ihnen mit ausgebreiteten Armen hinterher. Godfrey neben ihm machte ein Gesicht wie ein begossener Pudel. Doch niemand kümmerte sich um die beiden.
Wenige Minuten später hatten sie die zerstörte Brücke wieder erreicht. Der Zweite Detektiv hastete sofort zum Beginn des Überganges und testete die Tragfähigkeit des verbliebenen Brückenkopfes. Augenblicklich knarrte es und eines der Bretter löste sich. Polternd und sich überschlagend trudelte es in die Tiefe.
»Wir müssen den Abhang hinunter«, stellte Peter fest. »Eigentlich hatte ich gehofft, dass wir einen Baumstamm vom einen Ende der Brücke aufs andere legen und hinüberbalancieren könnten. Aber keine Chance, diese Bretterreste hier tragen uns keine fünfzig Zentimeter – und bestimmt keinen Baumstamm.«
Godfrey machte einen langen Hals. »Da runter? Sieht aber höllisch tief aus.«
»Sie können ja hierbleiben«, schnauzte ihn Peter an.
Die beiden Detektive legten ihre Rucksäcke ab und holten die Seile daraus hervor, die sie wohlweislich mitgenommen hatten. In stillem Einvernehmen lächelten sie sich zu. Gut,

dass wir daran gedacht haben, sollte es bedeuten. Doch es war ein wehmütiges Lächeln, eines voller Sorge. Anschließend schlang Peter sein Seil um einen Baumstamm, machte einen Knoten und überprüfte den Halt.
»Das passt. Wir können runter.«
Justus hatte in der Zwischenzeit in sein Seil eine Schlinge geknüpft und suchte auf der anderen Seite den Rand der Schlucht ab. Dann schwang er die Schlinge wie ein Lasso über seinem Kopf.
»Was hast du vor?«, fragte Barclay.
»Der Stumpf da drüben. Den muss ich treffen, dann können wir uns auf der anderen Seite an dem Seil hinaufziehen.«
Foster lachte gekünstelt. »Jetzt macht unser Schlaumeier auch noch einen auf John Wayne. Nie im Leben triffst du das Teil!«
Der Erste Detektiv blieb konzentriert. Noch drei Runden ließ er die Schlinge kreisen, dann warf er. Daneben. Foster gluckste, Godfrey grinste. Justus versuchte es erneut. Wieder nichts. Ein drittes Mal. Nichts.
»Also, ich geh dann mal zur Hütte zurück.« Foster tippte sich an die Schläfe. »Schatz holen, was essen, Nickerchen machen. Ich treff euch dann sicher noch hier an.«
Peter ging zu Justus. »Gib her, Just.« Er nahm ihm das Seil aus der Hand.
»Ja, versuch du es mal«, erwiderte Justus zerknirscht.
»Nein, wir machen das anders.« Der Zweite Detektiv lief zurück zu dem Seil, das bereits in die Schlucht hing, und begann mit dem Abstieg.
»Was soll das werden?«, fragte Barclay.

»Ich klettere mit dem zweiten Seil auf der anderen Seite hinauf und befestige es oben. Dann könnt ihr euch alle hochziehen.«

Barclay schnappte nach Luft. »Du willst da drüben ohne Sicherung raufklettern? Das ist viel zu gefährlich! Du brichst dir den Hals dabei, Junge! Sieh dir nur mal an, wie steil es da ist! Ganz zu schweigen von dem brüchigen Gestein.«

»Ich schaffe das«, sagte Peter bestimmt. »Ich habe schon schwierigere Hänge gemeistert.«

Ohne Frage war der Zweite Detektiv, das Sportass der drei ???, sehr gut im Klettern. Justus erinnerte sich an die regennasse, nahezu senkrechte Wand an der Küste, die er in einem ihrer letzten Fälle erklommen hatte, um ein Entführungsopfer zu befreien. Doch die Wand hier hatte es ebenfalls in sich. Und auf der anderen Seite konnte jederzeit wieder Knowsley auftauchen und das Seil durchtrennen. Doch sie hatten keine Wahl, wenn sie dem Schurken auf den Fersen bleiben wollten. Der Erste Detektiv sandte ein stilles Stoßgebet gen Himmel.

Den Grund der Schlucht hatte Peter im Nu erreicht. Er orientierte sich kurz, wo der beste Einstieg war, dann begann er mit dem Aufstieg. Hand um Hand, Fuß um Fuß zog er sich an der schartigen Felswand hinauf. Ab und zu gab ein Stein nach, aber der Zweite Detektiv war erfahren genug, um seine Griffe und Standflächen vorher immer zu kontrollieren. Bis knapp über die Mitte kam er schnell voran und stellte sich dabei so geschickt an, dass selbst Foster abwartete und zusah. Dann jedoch versperrte ihm eine überhängende Felsnase den Weg.

»Peter, kehr um!«, rief Justus. »Such dir eine andere Linie!«
Peter schüttelte den Kopf. »Wir verlieren zu viel Zeit!« Er umfasste die Felsnase mit beiden Händen und zog sich hoch.
»Oh, mein Gott!«, stieß Barclay hervor.
»Wahnsinn!« Godfrey klappte der Mund auf.
Nur mit den Händen hing Peter an dem Felsen. Sein gesamtes Gewicht lastete auf ein paar Quadratzentimetern brüchigen Gesteins, sein Körper baumelte knapp zwanzig Meter über einem todbringenden Abgrund.
Peter zog. Millimeter für Millimeter. Justus hörte seinen Freund ächzen und stöhnen. Die Kraft, die der Zweite Detektiv für diesen Akt aufbringen musste, war enorm. Wie in Zeitlupe hievte er sein Gesicht über die Felskante.
»Du schaffst es!«, flüsterte Justus. »Du schaffst es!«
Peters Arme begannen vor Anstrengung zu zittern. Noch ein Zug, noch einmal die letzten Kräfte mobilisieren, dann war er oben. Der Zweite Detektiv schrie und Justus zuckte kurz zusammen. Doch Peter schrie nur, weil er so noch mehr Kraft entwickeln konnte, weil er so nicht verkrampfte. Und weil er wirklich am Ende war. Er schrie und zog und zog und schrie. Aber er schaffte es!
Der Rest war im Vergleich dazu ein Kinderspiel. Peter befestigte das Seil, sodass die anderen jetzt an einem Seil hinunter- und am anderen wieder hinaufklettern konnten. Auch Foster schloss sich an. Für Justus war der Aufstieg immer noch eine Herausforderung, die letzten Meter musste er mit vereinten Kräften nach oben gezogen werden.
»Aber ich hatte ja auch das zweite, bleischwere Seil über der Schulter«, verteidigte er sich lächelnd.

»Schon klar.« Peter hätte gern gegrinst, aber er brachte nur eine schiefe Grimasse zustande. »Komm jetzt!«
»Übrigens«, sagte Justus, während die anderen schon vorausgingen. »Das da eben war große Klasse!«
Peter nickte stolz. »Hab ich ganz gut hinbekommen, ja.«
Knowsleys und Bobs Spur zu finden war nicht schwer. Die beiden hatten den Fahrweg genommen, der von der demolierten Brücke wegführte. Schleifspuren und Fußabdrücke waren sehr deutlich zu sehen.
Justus und Peter sorgten für ein hohes Tempo, sondierten dabei aber immer aufmerksam ihre Umgebung. Knowsley könnte sich versteckt haben. Er könnte Helfershelfer haben. Sie könnten in eine Falle tappen.
Wo wollte Knowsley hin? Was hatte er vor? Und vor allem: Wie ging es Bob? Allmählich wich die Aufregung um Peters Klettertour und machte wieder der bohrenden Sorge um Bob Platz.
Plötzlich blieb Godfrey stehen. »Hört ihr das?«
Auch die anderen hielten inne.
»Das ist wieder der Hubschrauber!«, sagte Foster.
»Nein, zu gleichmäßig«, befand Justus, »das hört sich eher nach einem … Fahrzeug an. Einem größeren Fahrzeug. Dieselmotor.«
»Der Bus!«, rief Peter laut. »Da vorne! Sehr ihr ihn? Sam! Seht ihr ihn? Da unten!«
»Tatsächlich!« Barclay ballte die Faust. »Fantastisch!«
Alle liefen los, dem Bus entgegen, der sich einen kleinen Anstieg hinaufmühte. Godfrey schwenkte sogar die Arme und schrie »Hallo!« und »Hier sind wir!«, als wären sie auf einer

Insel und der Bus ein Schiff, das sie übersehen konnte. Peter lächelte Justus zu und tippte sich an die Stirn. Doch im nächsten Moment bremste der Zweite Detektiv abrupt ab und starrte an seinem Freund vorbei in den Wald.
»Was ist los, Zweiter?« Justus drehte den Kopf.
Dann sah er es ebenfalls. Sah ihn.
»Bob! Oh, mein Gott! Bob!«
Justus und Peter stürzten auf den Baum zu, an dessen Fuß Bob lag. Sein Gesicht war blutüberströmt, seine Hände ebenfalls, seine Kleidung zerfetzt und vor Schmutz starrend.
»Bob!« Peter kniete sich neben ihn. Er wagte kaum, ihn zu berühren. »Bob? Hörst du mich?«
Der dritte Detektiv war halbwegs bei Bewusstsein. Seine Lider flatterten, seine Lippen zitterten, aber mehr als ein Röcheln brachte er nicht heraus.
Auch die anderen hatten mittlerweile gemerkt, was los war. Während Barclay sofort herbeigeeilt kam, sorgte Foster dafür, dass der Bus genau neben ihnen hielt. Godfrey stand tatenlos herum und schaute in alle Richtungen, als würden Horden von Knowsleys gleich über sie hereinbrechen.
Sam sprang aus dem Bus und lief zu ihnen. »Ach, du lieber Himmel! Was ist denn passiert?«
»Wissen wir nicht«, antwortete Justus knapp. »Wir müssen Bob sofort in den Bus schaffen und ihn dann auf dem schnellsten Weg in ein Krankenhaus bringen.«
»Natürlich, natürlich! Was soll ich tun?«
Justus wandte sich wieder Bob zu. »Kannst du aufstehen?«
Bob röchelte und nickte schwach.
»Los, helft ihm auf! Aber vorsichtig. Ganz vorsichtig!«

Straßensperre

Es dauerte eine halbe Ewigkeit, bis sie Bob auf die Rückbank gelegt hatten. Der dritte Detektiv knickte immer wieder ein, stöhnte vor Schmerzen und bekam kaum Luft. Justus und Peter warfen sich kummervolle, besorgte Blicke zu. Bob war schwer verletzt, daran gab es keinen Zweifel, auch wenn der Pupillentest keinen Hinweis auf eine Schädelverletzung ergab. Sie konnten nur hoffen, dass sie nicht noch mehr Schaden anrichteten, indem sie ihn in den Bus verfrachteten und dann stundenlang und über Stock und Stein zum nächsten Krankenhaus karrten. Aber ihn einfach im Wald liegen zu lassen und zu warten, bis Hilfe kam – oder auch nicht? Nein, lieber in den Bus, ihn so bequem wie möglich betten, raus aus diesem Wald, zurück in die Zivilisation. Und vielleicht hatte ihn Knowsley hier auch nur abgelegt und kam jede Minute zurück?

Als Sam gerade die Türen schloss, donnerte noch einmal ein Hubschrauber über sie hinweg. Hoch oben, verdeckt von den Baumwipfeln, die hier ein geschlossenes Dach bildeten. Waldbrand, zuckte es durch Justus' Hirn. Bitte nicht. Bitte nicht.

»Was hat dieses Scheusal nur mit ihm angestellt?« Barclay stellte Bobs Rucksack auf eine der Sitzbänke und sah in das zerschundene Gesicht des dritten Detektivs, während Sam den Motor startete. »Wir müssen uns wirklich beeilen.«

Ja, dachte Justus, was ist passiert? Ist Bob gestürzt und Knowsley hat ihn einfach zurückgelassen, weil er ihn auf-

hielt? Hat Knowsley ihn so zugerichtet? Warum? Bob wäre nie so dumm gewesen, in einem aussichtslosen Kampf seine Gesundheit und sein Leben aufs Spiel zu setzen. Waren womöglich beide in eine Auseinandersetzung mit anderen geraten? Was war hier los? Worum, zum Teufel, ging es hier? Der Erste Detektiv ließ den Kopf sinken und schloss für einen Moment die Augen. Ein tiefer Seufzer entrang sich seiner Kehle.
Peter legte den Arm um seinen Freund. »Wird schon werden, Erster. Alles wird gut, wirst sehen.« So richtig hoffnungsvoll klang das nicht. Aber der Zweite Detektiv bemühte sich dennoch um ein zuversichtliches Lächeln.
Justus hob den Kopf. »Wenn ich nur wüsste, was hier gespielt wird! Aber ich habe nicht den Hauch einer Ahnung! Das passt alles nicht zusammen! Und Bob!« Er zeigte auf seinen Freund. »Sieh ihn dir an! Sieh dir nur Bob an!«
Peter schluckte. Aber der Kloß in seinem Hals war gewaltig.
Sam fuhr so schnell, wie es ihm der unbefestigte Weg erlaubte. Dennoch kam es Justus und Peter so vor, als kröchen sie wie in einem Albtraum unendlich langsam durch einen zähen, breiigen Sumpf aus Bäumen, Büschen und Felsen. Aber jedes Mal, wenn sie von einem Schlagloch, einem Ast oder einer Wurzel auf dem Weg durchgerüttelt wurden und Bob schmerzerfüllt aufstöhnte, hätten sie den Bus am liebsten angehalten und ihren Freund getragen.
»Was ist mit dem Rätsel?«, fragte Barclay. »Du meintest vorhin, du wüsstest, was es bedeutet. Dass unter der Hütte ein Schatz liegt. Hilft uns das vielleicht weiter?«
»Genau, was ist damit?« Foster drehte sich um und auch

Godfrey hörte auf, in den Wald zu starren. »Wenn wir den Schatz haben, gibt Knowsley vielleicht Ruhe.«
Peter bedachte den Mann mit einem zornigen Blick. *Als ob du Stinkstiefel Knowsley den Schatz aushändigen würdest*, stand darin zu lesen.
»Ach!« Justus schüttelte fast verärgert den Kopf. »Dieses Rätsel bringt –« Er hielt inne, als müsste er sich besinnen. »Wir haben dafür keine Zeit. Im Moment gibt es Wichtigeres als das Rätsel und den … äh, Schatz.«
Peter sah Justus aufmerksam an. *Äh, Schatz?* Wenn sie mal eine Sekunde für sich waren, würde er ihn fragen müssen, was er eigentlich hatte sagen wollen.
»Du hast recht«, erwiderte Barclay. »Wir müssen uns jetzt um euren Freund kümmern. Sam, geht das nicht ein bisschen flotter?«
Der Fahrer drehte den Kopf zur Seite. »Wenn ihr an der Decke kleben wollt, schon.«
Justus fiel etwas ein. »Sam, wie kommt es eigentlich, dass Sie unterwegs zu uns waren? Waren Sie doch, oder?«
»Na, ihr habt mich doch angerufen!«
»Wir?« Justus sah sich um. »Von uns hat Sie keiner angerufen. Keines unserer Handys hatte Empfang.«
»Unsinn! Es war … wartet, er hat sich gemeldet mit … Erol. Nein, Edgar! Genau, mit Edgar hat er sich gemeldet. Edgar?« Sam sah über den Rückspiegel in den Fahrgastraum. »Wer von euch ist Edgar? Du warst das doch!«
»Edgar?« Peter konnte kaum glauben, was er da hörte. »Edgar Bristol?«
»Keine Ahnung, Edgar eben. So hat er sich gemeldet.«

»Aber das ist unmöglich!«
»Ich hab das doch nicht geträumt, Junge!«
Justus wollte eben etwas sagen, doch Sam kam ihm zuvor. »Leute! Hey! Heute ist euer Glückstag! Seht doch, da vorne! Eine Straßensperre! Die Polizei, dein Freund und Helfer! Endlich ist sie mal da, wenn man sie braucht!«
Der Erste Detektiv drehte sich nach vorn. »Eine Straßensperre? Mitten im Wald?«
Peter war ebenso alarmiert. »Könnte eine Falle sein.«
»Die Autos sehen aber echt aus«, meinte Sam. »Und die Typen mit ihren Knarren auch.«
»Waffen? Die sind bewaffnet?« Justus kam nach vorn und stellte sich neben Sam. »Das ist keine Straßensperre. Die haben nur angehalten und sind ausgestiegen.«
Etwa fünfzig Meter vor ihnen blockierten zwei Einsatzfahrzeuge der Polizei den Waldweg. Auf beiden blinkte das Signallicht. Jeweils zwei Polizisten standen vor und hinter den Wagen. Einer der beiden vorderen trug ein Gewehr mit sich, der andere, ein massiger Schnauzbartträger, legte seine Hand auf seine Dienstwaffe, als der Bus näher kam.
»Was machen die hier draußen?«, raunte Foster. »Hat einer von euch doch mehr Dreck am Stecken, hä?«
Auf ein Zeichen des Schnauzbartträgers verlangsamte Sam das Tempo und blieb dann zehn Meter vor den beiden Fahrzeugen stehen. Die beiden vorderen Polizisten kamen langsam auf sie zu. Sam ließ das Fenster herunter.
»Legen Sie die Hände aufs Steuer!«, befahl der mit dem Gewehr, ein schlanker Blondschopf mit Spiegelbrille. »Die Fahrgäste sollen alle nach hinten gehen!«

Sam gab den Befehl weiter und tat wie ihm geheißen. Während der Polizist mit dem Gewehr in einigem Abstand vom Bus stehen blieb und seine Waffe in Anschlag brachte, trat der Schnauzbart, immer noch die Hand an seiner Pistole, an das Fahrerfenster.
»Bitte steigen Sie aus und zeigen Sie mir Ihre Papiere! Und immer schön langsam! Keine plötzlichen Bewegungen.« Er lugte in den Bus. »Wer sind Ihre Fahrgäste? Was machen Sie hier draußen?«
Sam öffnete die Fahrertür, schob sich von seinem Sitz und überreichte dem Polizisten die geforderten Papiere. »Hier bitte. Was ist denn los?«
»Wer Ihre Fahrgäste sind und was Sie hier machen!« Der Mann war unverkennbar nervös. Während er die Dokumente überflog, ließ er Bus und Fahrer nicht aus den Augen.
»Das sind Touristen. Haben eine Nacht oben in der Hütte verbracht. Ich hol sie gerade wieder ab. Hören Sie, Officer, wir haben hinten einen –«
»Alle aussteigen!« Der Polizist trat vom Bus zurück. »Immer nur einer. Die anderen warten so lange hinten im Bus. Papiere bereithalten, Hände sichtbar. Klar?«
»Meine Güte, was ist denn los?« Sam schüttelte den Kopf.
»Folgen Sie einfach den Anweisungen!«
»Aber das geht nicht!«, rief Peter aus dem Hintergrund. Nur mühsam hatte er sich bis jetzt zurückhalten können. »Kommen Sie rein und sehen Sie selbst. Es geht nicht!«
»Wir haben einen Schwerverletzten an Bord«, sagte Sam durch das Fenster. »Einer der Jungs ist wohl abgestürzt oder so.«

Der Polizist runzelte die Stirn. Seine Hand umfasste die Waffe fester. »Abgestürzt? Was ist passiert?«
»Das wissen wir nicht!«, rief Peter. »Kann auch sein, dass es dieser –«
»In die Schlucht!«, unterbrach Justus seinen Freund und zupfte ihn am Ärmel. »Die Brücke, etwa zwei Kilometer waldeinwärts, ist zerstört. Beim Überqueren der Schlucht ist er abgestürzt.«
Der Zweite Detektiv warf Justus einen verwirrten Blick zu. Auch Godfrey war irritiert, aber Barclay schüttelte unmerklich den Kopf, als er den Mund aufmachte.
»Und was hat das mit den Papieren zu tun?«, rief der Polizist.
»N-nichts. Aber er ist verletzt! Bitte! Er braucht dringend Hilfe!«
Der Polizist überlegte einen Augenblick und wechselte dann ein paar Worte mit seinem Kollegen. »Okay. Alle andere raus aus dem Bus. Papiere mitnehmen, Hände sichtbar. Wenn alle draußen sind, gehe ich rein und sehe mir das mal an.«
Sam war der Erste, der ausstieg. Es folgten Foster, Godfrey, Barclay, dann Justus und Peter. Von jedem Einzelnen kontrollierte der Polizist, dessen Namensschild ihn als Officer Ossietzky vorstellte, die Ausweispapiere und sah ihm ins Gesicht. Dann erklomm er die Stufen in den Bus.
»Bob liegt hinten auf der Rückbank!«, rief ihm Justus zu. »Seine persönlichen Unterlagen müssten in dem Rucksack auf der Bank davor sein. Bob kann nicht sprechen und ist kaum bei Bewusstsein! Bitte bewegen Sie ihn nicht! Wir wissen nicht, welche Verletzungen er davongetragen hat!«

»Ich weiß schon, was ich tue, Junge.« Ossietzky ging nach hinten. Der Blondschopf behielt währenddessen die anderen im Blick.

Peter zog Justus ein Stück zur Seite. »Was war das denn eben da drinnen?«, flüsterte er. »Wieso wolltest du nicht, dass ich denen von Knowsley erzähle?«

»Von dem Geist eines wirren Trappers? Der Bob, Bristol und Wendy verschleppt hat? Weil wir sein chaotisches Rätsel nicht lösen konnten?«

Peter dämmerte, was Justus damit sagen wollte. »Du meinst, das hätte die Sache unnötig verkompliziert?«

»Allerdings. Wir müssen hier so schnell wie möglich weg.«

»Und was war das eben mit ›äh, Schatz‹?«

»Mit ›äh, Schatz‹?«

»Als es vorhin um das Rätsel ging, hast du gesagt, dass der ›äh, Schatz‹ –«

»Mein Gott, den hat's ja übel erwischt!« Ossietzky erschien wieder in der Tür des Busses, in der Hand Bobs Führerschein. Betroffenheit spiegelte sich in seinem Gesicht. Er blickte kurz Justus an und sah dann wieder auf das Plastikkärtchen. »Wie heißt er, sagtest du?«

»Bob Andrews. Aus Rocky Beach.«

»Jerry!«, rief der Polizist einem seiner Kollegen zu, die hinter den Fahrzeugen geblieben waren. »Wir brauchen einen Krankenwagen! Und zwar rasch! Sag Bescheid und gib denen unseren Standort durch. Und lass einen Bob Andrews aus Rocky Beach durch den Computer laufen!«

Der Mann nickte kurz und verschwand in einem der Streifenwagen.

»Euer Freund muss schnellstmöglich in ein Krankenhaus. Das sieht wirklich nicht gut aus.«
Wenig später erschien Jerrys Kopf über dem Autodach. »Nichts, Rod. Ist sauber! Der Krankenwagen ist unterwegs.«
»Okay, Jerry!«
Ossietzky reichte Justus den Ausweis. »Ein Hubschrauber wäre zwar besser, aber der kann hier nirgends landen. Und mit der alten Mühle da«, er zeigte auf den Bus, »solltet ihr euren Freund keinen Meter weiter durch die Landschaft kutschieren.«
Justus sah das ganz genauso. »Vielen Dank, Officer.«
»Super!« Peter atmete erleichtert auf.
»Officer, was ist denn jetzt eigentlich los?« Barclay zeigte zu den Einsatzfahrzeugen und in den Himmel. »Polizei bis an die Zähne bewaffnet im Wald, Hubschrauber haben wir auch schon zweimal gehört. Was ist passiert?«
Ossietzky schob seine Mütze nach hinten und verschränkte die Arme vor der Brust. »Ein Häftling ist aus Sonora geflohen. Ein überaus gefährlicher.«
»Aus dem Hochsicherheitsgefängnis?«
»Genau. Heute Morgen. Die Fahndung läuft auf Hochtouren, das ganze Gebiet ist hermetisch abgesperrt.« Er zögerte. »Soweit uns das möglich ist. Nach Westen zu geht das noch einigermaßen, aber hier in den Wäldern ist es verdammt schwierig, die Maschen zu schließen. Wir gehen daher am ehesten davon aus, dass er sich irgendwo hier in der Gegend herumtreibt.«
»Was ... was ist das für ein Kerl?«, fragte Godfrey. »Was hat er angestellt?«

Ossietzky lächelte bitter. »Das wollen Sie nicht wissen. Aber wir kriegen ihn, wir kriegen ihn.«
Jerry kam zu ihnen. »Der Krankenwagen müsste bald da sein. Einer stand schon unten am State Highway bereit.«
»Sehr gut.« Ossietzky gab Sam ein Zeichen. »Bitte fahren Sie den Bus ein Stück zur Seite. Wir müssen weiter. Warten Sie, bis der Krankenwagen hier ist, dann können Sie ihm ins Krankenhaus folgen. Bis nach Sonora ist es eine gute halbe Stunde.«
»Okay.«
Ossietzky sah in die Runde. »Bleiben Sie unbedingt alle im Bus! Verriegeln Sie die Türen, steigen Sie nicht aus, machen Sie keinen Blödsinn! Mit dem Kerl ist nicht zu spaßen! Alles Gute!«
Justus und Peter beobachteten, wie Sam den Bus rangierte. Als sich die Polizeiwagen daran vorbeigedrückt hatten, stiegen die beiden wieder ein, um nach Bob zu sehen.
»Ein entflohener Häftling«, sagte Peter, während sie nach hinten gingen. »Kann aber nichts mit unserem Knowsley zu tun haben. Wendy wurde schon gestern Nacht entführt.«
»Das macht die Sache kompliziert, ja«, erwiderte Justus.
»Wie? Du denkst, das hat doch was miteinander zu tun?«
»Ich weiß es nicht, aber die Erfahrung hat mich gelehrt, dass –« Der Erste Detektiv brach abrupt ab. »Bob? Bob!« Er berührte seinen Freund an der Schulter. »Bob!«
»Was ist?« Peter drängte sich neben ihn.
»Bob ist nicht mehr bei Bewusstsein!«

Riskante Manöver

Der dritte Detektiv war nicht mehr ansprechbar. Sein Atem ging zwar einigermaßen regelmäßig und auch sein Puls war in Ordnung, soweit Justus das beurteilen konnte. Aber er war nicht mehr bei Bewusstsein.
»Was … was machen wir denn jetzt?« In Peters Augen stand die pure Verzweiflung.
»Stabile Seitenlage!«, verkündete Foster wichtigtuerisch. »Lernt man bei den Pfadfindern. Lasst mich mal ran, ich mach das!«
Der Erste Detektiv stellte sich ihm in den Weg. »Wir wissen nicht, ob wir Bob bewegen dürfen. Schon dass wir ihn hier hereingebracht haben, war ein Risiko. Lassen Sie ihn in Ruhe, hören Sie!«
»Klugscheißer!«, knurrte Foster und zog sich wieder zurück. »Werdet schon sehen, was ihr davon habt!«
Justus wandte sich wieder Peter zu. »Wir müssen Bob ununterbrochen überwachen. Solange er normal atmet, tun wir gar nichts. Außer zu hoffen, dass dieser Krankenwagen bald da ist.«
Peter schluckte. Und ließ Bob von jetzt an keine Sekunde mehr aus den Augen. Genau wie Justus. Gemeinsam beobachteten sie jede Regung ihres Freundes, jeden Atemzug und lauschten dabei auf ein sich näherndes Motorengeräusch.
Die Zeit dehnte sich endlos. Die Zeiger auf Bobs Armbanduhr schienen sich nicht mehr bewegen zu wollen. Zehn Minuten fühlten sich an wie zwei Stunden, fünfzehn Minuten

waren eine halbe Ewigkeit. Keiner im Bus sagte ein Wort. Die Männer gingen nervös auf und ab oder saßen an den Fenstern und starrten nach draußen. Oder trommelten mit den Fingern auf den Sitz wie Foster. Mittlerweile stand die Sonne im Zenit, es war Mittag. Doch im Wald war es kaum heller geworden.
Um die Zeit sinnvoll zu nutzen, beschloss der Erste Detektiv schließlich, Bobs Handverband zu wechseln. Oder war das, fragte sich Justus, nur eine Übersprungshandlung? Damit er das Gefühl hatte, wenigstens irgendetwas für seinen Freund tun zu können? Egal, dachte Justus, und nahm Bob die Armbanduhr ab.
Doch plötzlich war da dieser Knoten in seinem Hirn. Oder diese Lücke. Irgendetwas passte nicht zusammen. Von dem, was er gesehen hatte? Von dem, was jemand gesagt hatte? Was jemand getan hatte? Wieso hatte er dieses Gefühl? Was passte hier nicht? Justus ließ Bobs Hand wieder sinken. Was war da auf einmal?
»Sie kommen!«, riss Peter Justus da aus seinen Gedanken.
»Na endlich!«, sagte Godfrey.
»Ich hab allmählich echt Kohldampf.« Foster stand auf und reckte sich.
Der Erste Detektiv schaute auf den Waldweg. Von unten näherte sich ein rot-weißer Krankenwagen. Justus nahm seinen und Bobs Rucksack und stand auf. »Bleib du bei Bob, Zweiter, okay?«
Peter nickte.
Eine Minute später hielt der Krankenwagen neben dem Bus und zwei Sanitäter stiegen aus. Beide groß gewachsen und

keine dreißig Jahre alt, einer schwarzhaarig und in der Nase gepierct, der andere rothaarig mit breiten Koteletten.

»Seid ihr das mit dem Verletzten?« Der Blick des Rothaarigen sprang von einem zum anderen.

»Unser Freund, ja«, erwiderte Justus. »Er liegt hinten im Bus.«

»Was ist passiert?«

»Das wissen wir nicht genau. Wir glauben, dass er abgestürzt ist.«

»Ihr glaubt?« Der Mann zog die buschigen Augenbrauen hoch.

»Ja, wir waren … wir hatten ihn für einen Moment aus den Augen verloren. Da muss es passiert sein. Hinten, bei der Schlucht.«

»Das ist Blödsinn!«, platzte Godfrey plötzlich heraus. »Da ist dieser Kerl! Er treibt sich hier im Wald herum! Der war's!«

Der Sanitäter sah ihn erstaunt an. »Welcher Kerl? Etwa der entflohene Knacki?«

»Nein, nein. Das hat damit nichts zu tun!«, ging Justus dazwischen. »Bitte! Können Sie sich jetzt um unseren Freund kümmern? Es geht ihm wirklich sehr schlecht.«

»Er hat zwei von uns entführt und den Jungen zusammengeschlagen!« Godfrey entfernte sich einen Schritt von Justus und nickte heftig.

»Carter, halt jetzt den Mund!«, fuhr ihn Barclay an.

»Nein! Lass mich! Das hätten wir eben schon den Bullen sagen müssen! Da draußen ist ein Irrer!« Er zeigte vage in den Wald.

Der Sanitäter bedachte ihn mit einem misstrauischen Blick.

»Wie auch immer. Wir kümmern uns jetzt erst einmal um den Jungen. Das andere ist Sache der Polizei. Stephen!« Er drehte sich zu seinem Kollegen um und nickte zum Krankenwagen. »Mach drinnen schon mal alles klar! Ich ruf dich, wenn ich dich brauche.«
»Okay, Matt.« Der Schwarzhaarige öffnete die hinteren Türen des Krankenwagens und stieg in den Innenraum.
Matt verschwand im Bus, gefolgt von Justus. Die anderen blieben draußen.
»So, hallo.« Der Sanitäter lächelte Peter zu. »Dann lass mich mal zu eurem Kumpel. Was haben wir denn da?« Er beugte sich über Bob. »Der ist ja bewusstlos!«
»Seit etwa zwanzig Minuten, ja«, erwiderte Justus, der genau hinter Matt stand.
»Nicht gut, gar nicht gut!« Der Sanitäter war auf einmal sehr ernst. Er befühlte Bobs Halsschlagader und sah dabei auf seine Armbanduhr. »Achtundsechziger Puls, Druck recht niedrig.« Dann öffnete er seinen Mund, besah sich die Zunge und zog das rechte Augenlid hoch. »Verdammt!« Matt drehte sich zu den Jungen um. »Wir müssen ihn sofort rausschaffen! Sagt meinem Kollegen Bescheid! Er muss mir helfen!«
»Wieso? Was hat er denn?«, fragte Peter ängstlich. »Ist es schlimm? Vorher waren seine Augen doch noch okay, nicht wahr, Just?«
»Was ihm ansonsten noch fehlt, ist im Moment schwer zu sagen. Aber wenn wir nicht schnell handeln, droht eine cerebrös rupturierte Sepsis. Seine Pupillen sehen nicht gut aus. Da muss ganz schnell was passieren!«

Der Zweite Detektiv spürte, wie eine eisige Hand seinen Rücken hinaufkroch. Cerebrös rumtuirgendwas Sepsis! Allein der Begriff hörte sich fürchterlich an.
»Los!«, scheuchte ihn Matt nach vorn. »Sag draußen Bescheid!«
»Ich … komme mit.« Justus war für einen Moment wie erstarrt gewesen. Als wäre er ganz woanders. Als sich seine und Matts Augen kurz trafen, lächelte er sogar verschwommen.
»Was ist?« Matt sah ihn fragend an.
»Äh, nichts. Ich … wir sind schon auf dem Weg.«
Während Peter aus dem Bus stürzte, verließ der Erste Detektiv das Fahrzeug wie ein Traumwandler. Seinen Blick starr geradeaus gerichtet, fing er sogar an, seine Unterlippe zu kneten, dachte nach, grübelte, kombinierte. Und plötzlich ging der Knoten auf. Schloss sich die Lücke.
»Justus, wo bleibst du?« Peter war schon wieder zurück, mit Stephen im Schlepptau. »Mach Platz! Träumst du?«
Der Erste Detektiv stieg aus und zog seinen Freund zur Seite. Als Stephen im Bus war, sah Justus Peter eindringlich an.
»Hör zu, Zweiter. Drei Dinge.«
Peter lauschte. Erst ungeduldig, doch schon nach dem ersten Satz aufmerksam, dann ungläubig, schließlich schockiert.
»Was?«, entfuhr es ihm.
»Reiß dich zusammen! Sie kommen raus!« Justus straffte sich. »Wir haben nur einen Versuch, denk dran!«
»Ja … ja.« Der Zweite Detektiv entfernte sich ein paar Schritte und ging leicht in die Hocke. Über seinen Atem versuchte er, seine Aufregung in den Griff zu bekommen. Unfassbar, was ihm Justus da eben erzählt hatte.

Stephen und Matt kamen aus dem Bus. Der eine hatte Bob unter den Achseln gefasst, der andere hatte die Beine. Behutsam meisterten sie den Ausstieg und trugen Bob zum Krankenwagen.
»Wir dürfen doch mitkommen, oder?«, fragte Justus und schloss sich den Sanitätern an. »Wir müssen bei unserem Freund bleiben. Er braucht uns, wenn er aufwacht.«
Matt blieb stehen. »Das geht echt nicht, Jungs. Wir haben so schon kaum Platz im Wagen. Ihr folgt uns einfach nach Sonora, okay?«
»Aber er braucht uns doch!« Der Erste Detektiv schniefte, als würden ihm die Tränen kommen. Das war das Zeichen. Dann ging alles blitzschnell.
Peter jaulte auf einmal auf. »Bob, oh Bob!« Mit vor Sorge verzerrtem Gesicht setzte er sich in Bewegung. »Bob, du musst wieder gesund werden!«
Matt und Stephen sahen Peter auf sich zukommen. Plötzlich stolperte der Zweite Detektiv, kam ins Trudeln, fiel nach vorn und griff nach Stephens Gürtel.
»Hey! Was machst du?«, rief der Sanitäter.
»Um Gottes willen!« Justus sprang hinzu.
Peter strauchelte und stürzte zu Boden, riss dabei Stephen mit, der ebenfalls hinfiel und Bobs Beine deswegen loslassen musste, die auf den Boden schlugen, weswegen Matt gleichzeitig nach vorn und nach unten gerissen wurde und so ins Wanken geriet. Da war auch schon Justus heran und umfasste Matts Hüfte.
Barclay, Foster, Godfrey und Sam standen fassungslos daneben. Alles war viel zu schnell gegangen, um eingreifen zu

können. Und als sich Barclay endlich von der Stelle bewegte, blieb er sofort wieder stehen.

Aus zwei Gründen. Erstens hatte Justus auf einmal eine Pistole in der Hand. Und zweitens stand Bob auf seinen eigenen Beinen, geduckt wie ein Raubtier, und sah ruckartig um sich.

Da sprang Stephen auf und zog ebenfalls eine Pistole aus seinem Gürtel hervor.

Lebendig begraben

Lichtreflexe, die ihm in die Augen stachen. Lichtreflexe in einem grünen Meer über ihm. Dazu Schritte. Schritte und heiserer Atem. Hinter ihm. Ein Schatten, der sich über ihn beugte, eine Hand auf seinem Mund, schwielig, dreckig, nach Erde riechend. Etwas bohrte sich in seinen Rücken. Spitz und hart. Wieder dieses Atmen, diese Schritte, die Lichtreflexe. Weiter, immer weiter. Zu seinen Füßen Klapperschlangen, die nach ihm schnappten. Klapperschlangen mit Wieselkörpern, weiches, braunes Fell. Er hätte sie gern gestreichelt. Justus flog auf einmal an ihm vorbei und rief, dass er ab jetzt Ibykos heiße, und Peter saß auf einem Baum und zählte Gold-Nuggets. Einige waren zu Boden gefallen, wo sich eine Horde Männer um sie prügelte. Eine stille Frau stand daneben und drehte einen alten Lederhut in ihren zarten Händen. Dann war wieder der Schatten über ihm, wurde größer und immer größer, bis die Dunkelheit alles verschluckte und er das Gefühl hatte, in eine endlos tiefe Schlucht zu fallen, zu fallen, zu fallen …

Bob setzte sich mit einem Ruck auf. Das Erste, was er wahrnahm, war der hämmernde Schmerz in seinem Schädel. Überall ratterte er durch seinen Kopf, wie eine Armee aus Hubschraubern.

Dann kam der Schock. Er war blind! Sosehr er die Augen aufriss, er konnte nichts sehen! Gar nichts! Die Welt um ihn war stockfinster.

Bis er seinen schmerzenden Schädel ein wenig nach rechts

drehte und in weiter Entfernung dieses schmale, staubige Rinnsal aus Licht entdeckte. Gott sei Dank!
Bob atmete erleichtert auf und stützte seinen Hubschrauberkopf in seine Hände. Dadrin herrschte echt Krieg. Ratatatatatatakatawum!
Wo war er? Er saß auf dem Boden. Der Boden war hart und steinig. Hier und da etwas Sand oder Staub. Keine Decke, die er im Sitzen ertasten konnte, keine Wände in Reichweite. Was stank hier so? War er das?
Bob griff nach seinem Kragen und führte den Stoff zur Nase. Nein, das war nicht er, der da so stank. Aber was hatte er da an? Kragen? Sein Sweatshirt hatte keinen Kragen! Das war gar kein Sweatshirt! Das war eine Art Jacke. Mit Knöpfen und aus recht grobem Zwirn. Und die Hose war auch nicht seine. Eine Hose mit Zugband, vorn zugeschnürt, ebenfalls aus grobem Stoff. Die Schuhe: definitiv nicht von ihm. Zu groß, zu schwer, zu klobig.
Was war hier los???
Bob zwang sich nachzudenken, obwohl er sich kaum vorstellen konnte, dass das mit diesem Brummschädel ging. Woran erinnerst du dich? Die kaputte Brücke, die Schlucht. Knowsley, der ihn auf einmal von hinten gepackt hatte. Das Messer an seiner Kehle. Der letzte Blick auf Justus und Peter, nachdem Knowsley die Seile der Hängebrücke gekappt hatte.
Was war danach passiert? Sie waren durch den Wald gelaufen. Erst Richtung Westen, den Fahrweg entlang. Wie lange? Vielleicht fünfzehn Minuten. Oder dreißig? Wie spät war es jetzt? Der dritte Detektiv hob seine linke Hand, um auf seine Uhr zu sehen. Aber da waren keine fluoreszierenden Zeiger.

105

Ach, der Biss, der Verband, fiel es Bob wieder ein und er hob die andere Hand. Aber auch da war keine Uhr. Die Uhr war ebenfalls weg.
Hatte Knowsley etwas gesagt? Wohin sie wollten? Nein, er hatte gar nichts gesagt. Doch. Dass er sich beeilen sollte.
Und dann war es urplötzlich Nacht geworden. Knowsley musste ihn niedergeschlagen haben.
Bob sah sich um. Wo war er hier? Ein wenig hatten sich seine Augen jetzt an die Dunkelheit gewöhnt. Das Licht sickerte anscheinend zwischen zwei Brettern hindurch. Rechts und links davon erkannte er unregelmäßige Konturen. Unregelmäßige Wände. Höhle! Er befand sich in einer Höhle! Deren Ausgang offenbar mit Brettern verschlossen war. Knowsley hatte ihn in eine Höhle gesperrt! Wozu? Für wie lange?
Bobs Nackenhaare sträubten sich. Wie ein in der Dunkelheit unsichtbares Tier schlich sich die Angst an ihn heran.
Er musste etwas tun. Vorsichtig kniete er sich hin, richtete sich langsam auf, seinen Arm nach oben ausgestreckt. Aber erst als er auf den Zehenspitzen stand, konnte er die Decke berühren. Massives Gestein, kalt und feucht.
Und was stank hier so? So faulig … nach Verwesung? Der dritte Detektiv setzte sich wieder auf seine Knie und tastete den näheren Umkreis ab. Da war nichts. Er krabbelte ein Stück weiter in die Höhle hinein. Der Gestank wurde stärker. Wie nach verdorbenen Eiern.
Plötzlich fühlte er etwas. Glatt, rund, kühl. Ein großer Stein? Ein sehr großer Stein. Und sehr ebenmäßig. Wie ein gewaltiger Wackerstein. In dieser Höhle? Bobs Finger glitten an

der Rundung hinab. Eine Vertiefung, ein Loch. Und gleich daneben noch eines. Ein merkwürdiger Stein. Und zwischen den Löchern ein scharfkantiges, längliches –
Bobs Hand zuckte zurück. Das war kein Stein! Das war ein Schädel! Er war auf einen Schädel gestoßen! Die beiden großen Löcher waren Augenhöhlen, das scharfkantige Loch in der Mitte markierte die Nase. Bob überlief ein eiskalter Schauer. Der Schädel … eines Menschen? War das hier eine … Gruft? War er vielleicht nicht der Erste, der hier drin lebendig begraben worden war?
Er musste Gewissheit haben. Noch einmal streckte er die Hand nach dem Schädel aus. Die Augenhöhlen, das Loch, wo einmal die Nase gewesen war. Alles sehr glatt. Keine Hautreste, kein Fleisch. Aber was stank dann so? Bobs Finger glitten tiefer, zu den Zähnen. Gewaltige Zähne. Und eine merkwürdige Kopfform. Länglich. Dann fühlte er die mächtigen Reißzähne und wusste im selben Moment, welches Tier hier drin verendet war. Ein Bär, ein ziemlich großer Bär, wenn er das richtig beurteilte.
Erleichtert zog Bob die Hand zurück, fuhr aber gleich darauf erschrocken zusammen. Eine Bärenhöhle? Befand er sich in einer Bärenhöhle? Der Bär, der da lag, war mehr als tot. Aber das hieß nicht, dass die Höhle nicht von einem lebendigen Bären genutzt wurde, der vielleicht bald zurückkam. Nein, wurde ihm klar, Unsinn. Bären nageln ihre Höhlen nicht mit Brettern zu.
Und dann dämmerte es ihm auch, woher der Gestank kam. Faulige Eier. Irgendwo in der Höhle mussten Schwefeldämpfe austreten.

Bob erhob sich wieder und ging langsam dorthin, wo er den Lichtstrahl sehen konnte. Etwa zehn Meter musste er zurücklegen, dann stand er vor einer soliden Bretterwand. Er drückte dagegen, aber die Bretter bewegten sich kaum. Und es war keine Tür, gegen die er sich da lehnte. Es war wirklich eine Art Wand aus Holz, die von außen verbarrikadiert war. Vermutlich mit großen Felsbrocken. Oder einem Balken. Und dass kaum Licht durch die Spalten fiel, lag daran, dass die Lücken und Spalten mit Blättern, Zweigen und sonstigem Grünzeug ausgestopft waren. Ein bisschen was davon konnte er nach außen drücken, sodass etwas mehr Licht in die Höhle fiel.

Das hier war ein eigens hergerichtetes Gefängnis, wurde Bob bewusst. Ein mit wenig Aufwand hergerichtetes, aber sehr zweckdienliches Gefängnis.

Er ging einen halben Schritt zurück, stemmte die Füße in den Boden und lehnte sich mit der Schulter gegen die Bretter. Mit aller Kraft drückte er gegen die Wand, aber mehr als ein hässliches Knirschen von Holz auf Stein kam nicht dabei heraus. Der Spalt an der Seite erweiterte sich nur so weit, dass kaum eine Ratte hindurchgepasst hätte.

Bob ging dennoch zu dem Spalt, presste den Mund dagegen und schrie, so laut er konnte: »Hilfe! Hallo! Hört mich jemand? Hilfe!«

Er lauschte. Nichts. Ein paar Vögel zwitscherten da draußen, eine sanfte Brise wehte.

Noch einmal schrie er. »Hilfe! Hallo! Hilfe!«

Niemand antwortete.

Der dritte Detektiv spürte, wie langsam Panik in ihm

aufstieg. Hier kam er nicht raus. Und niemand hörte ihn. Was konnte er noch tun? Mit einem Stein auf die Bretter eindreschen? Zwecklos.

Die andere Richtung. Vielleicht hatte die Höhle noch einen zweiten Ausgang. Die Chance war verschwindend gering, denn wenn sich jemand die Mühe machte, ein solches Gefängnis herzurichten, würde er sicher auch darauf achten, dass die Insassen nicht durch eine Hintertür entkommen konnten. Trotzdem musste er es versuchen, er hatte keine andere Wahl.

Nach dem Bärenschädel, hinter dem der dritte Detektiv auch noch auf das restliche Skelett stieß, wurde die Höhle ein wenig niedriger. Und der Gestank nahm zu. Irgendwo dort hinten musste die Quelle dieses Miefs sein. Aber der war im Augenblick das kleinere Problem.

Ein paar Meter weiter musste sich Bob bücken, um voranzukommen. Immer tiefer senkte sich die Decke, bis die Höhle nur noch ein niedriger Gang war, in dem Bob gerade einmal krabbeln konnte. Der Gestank war hier so intensiv, dass ihm fast schwindelig wurde. Stellenweise hatte er das Gefühl, als würde er eine ranzige, faulige Brühe hinunterschlucken, wenn er atmete. Dazu war es endgültig stockfinster geworden. Er sah gar nichts mehr, konnte nur noch tasten und fühlen. Wahrscheinlich würde er gleich gegen eine Wand stoßen und das war's dann.

Doch Bob irrte sich. Als er kaum noch durch den engen Stollen passte und sich schon Platzangst in ihm ausbreitete, öffnete sich der Gang plötzlich. Die Decke flog förmlich nach oben weg und die Wände konnte Bob auch nicht mehr ertasten. Und von irgendwoher kam Licht. Spärlich nur, aber da war Licht.

Der dritte Detektiv sah nach oben. Dort! Hoch über seinem Kopf entdeckte er ein Loch, durch das Sonnenlicht in die Höhle fiel. Die hier keine wirkliche Höhle mehr war. Er stand vielmehr in einer Art Kamin. Einem Felsenkamin, der sich zehn, vielleicht fünfzehn Meter nach oben erstreckte. So schmal, dass er sich rechts und links mit Armen und Beinen abstützen konnte. Zumindest hoffte Bob, dass ihm das gelingen würde. Denn er würde die Beine mächtig spreizen müssen. Fast schon im Spagat würde er diesen Schacht hinaufklettern müssen, dessen Wände kaum Vorsprünge aufwiesen, soweit er das von hier unten sehen konnte.

Aber ihm blieb nichts anderes übrig. Wenn nicht irgendwann irgendwer ein zweites Skelett in dieser Höhle finden sollte, musste er da rauf.

Bob setzte den linken Fuß in die Wand und begann mit dem Aufstieg.

Katzenwäsche

»Das ist keine gute Idee!« Foster war von hinten an Stephen herangetreten und setzte ihm sein Messer an den Hals. »Die Knarre gaaanz langsam auf den Boden legen. Kapiert?«
Justus schwenkte seine Waffe kurz zu Stephen, aber dann gleich wieder zurück zu Matt und dem Mann, den er bis vor zwei Minuten für Bob gehalten hatte. Drei Männer konnte er unmöglich in Schach halten. Peter rappelte sich auf und starrte Foster an. Der Typ war immer wieder für Überraschungen gut. Barclay, Godfrey und Sam wirkten immer noch völlig konsterniert.
Stephen indes zauderte einen kurzen Moment. Offenbar überlegte er, ob er noch eine Chance hatte, aus dieser Situation herauszukommen.
»Bist du taub, du Nase?« Chuck Foster drückte die Klinge noch ein Stück weiter in die Haut. »Das Ding hinlegen und zur Seite treten! Aber dalli! Sonst schnitz ich dir ein drittes Ohr!«
Jetzt erst gehorchte der Krankenpfleger. »Reg dich ab, Mann! Ich mach ja schon.«
Justus behielt Matt und »Bob« im Auge. Mit vor Wut verzerrten Gesichtern verfolgten die beiden, wie ihr Komplize die Waffe von sich streckte und dann neben sich in den Staub legte. Foster schob seinen Fuß nach vorn und kickte die Pistole zu Godfrey.
»Heb sie auf und ziele auf die Birne von dem anderen Weißkittel!«

»Was? Ich?« Godfrey sah Foster erschrocken an.
»Nein, deine kleine Schwester!« Foster stöhnte entnervt.
»Natürlich du! Mach hinne!«
Barclay nahm die Waffe. »Schon gut. Ich übernehme das.« Aus der Hüfte richtete er sie auf Matt. »So. Und jetzt würde mich wirklich brennend interessieren, was hier los ist.« Er sah zu »Bob«. »Was ziehst du hier für eine Show ab? Wer bist du?« Sein Blick wanderte zu Justus und Peter. »Und wieso wusstet ihr, dass hier was faul ist?«
Der Erste Detektiv nahm jetzt nur noch »Bob« ins Visier. Ein merkwürdiges, fast unwirkliches Gefühl. Er richtete die Waffe auf einen Menschen, der aussah wie sein Freund, um den er sich bis gerade eben noch quälende Sorgen gemacht hatte, für den er alles getan hätte. Es kostete ihn große Überwindung, die Pistole nicht sinken zu lassen.
»Zunächst einmal glaube ich mit an Sicherheit grenzender Wahrscheinlichkeit sagen zu können, dass diese Person nicht unser Freund Bob Andrews ist.«
»Aber was redest du da?« Der Angesprochene breitete die Arme aus und kam auf Justus zu.
»Stehen bleiben!« Der Erste Detektiv hob die Pistole noch eine Stück. »Sofort!«
»Aber ich bin's doch! Bobby! Erkennst du mich nicht mehr?«
»Bobby!«, äffte Peter den Mann nach. »Bob hätte sich nie Bobby genannt! Außerdem spricht er ganz anders! Hör mit diesem Affentheater auf!«
Der Mann ließ sich nicht beirren. »Ey, Kumpels! Was ist denn los? Checkt ihr das denn nicht? Ich bin's! Der alte Bob!«

Für einen kurzen Augenblick stockte das Gespräch. Alle drehten ihre Köpfe. Aus der Ferne war ganz schwach Hundegebell zu vernehmen. Das Gebell vieler Hunde.
»Wir werden sehr bald herausfinden, wer du wirklich bist«, erwiderte Justus. »Wobei ich mir im Grunde genommen darüber jetzt schon im Klaren bin.«
»Du weißt, wer das ist?«, fragte Sam.
»Ich kenne seinen Namen nicht, aber ja, ich habe einen starken Verdacht. Peter?« Justus schaute mit einem Auge zu seinem Freund. »Würdest du bitte überprüfen, ob wir hier ein Netz haben, und dann 911 wählen? Das Handy ist in meiner rechten Tasche. Und informiere die Zentrale darüber, dass sich ein Officer Ossietzky ganz in unserer Nähe befindet und innerhalb weniger Minuten bei uns sein kann.«
»Geht klar, Erster.« Der Zweite Detektiv ging zu Justus und holte das Handy aus der Jackentasche. Er schaltete es ein und sah auf das Display. »Sieht gut aus! Drei Balken!« Dann wählte er die Nummer.
»Das werdet ihr büßen!«, zischte Matt. »Wir werden euch kriegen, verlass dich drauf!«
»Schreibt schon mal euer Testament!« Das Bob-Double gab seinen Bluff auf und fuhr sich mit der flachen Hand über den Hals.
Justus blieb gelassen. »So etwas hören wir nicht zum ersten Mal, meine Herren, insofern darf ich versichern, dass sich unsere Besorgnis ob dieser Drohung in überschaubaren Grenzen hält.«
Sam kicherte. »Du hast ja Sprüche drauf, Junge, das muss man dir lassen!«

»Ossietzky ist in fünf Minuten hier.« Peter klappte das Handy wieder zusammen.
»Wer ist der Typ denn dann?«, fand jetzt auch Godfrey seine Sprache wieder und zeigte auf »Bob«. Der Mann funkelte ihn aus einem immer noch blutverschmierten Gesicht böse an.
»Das wird uns sicher gleich Officer Ossietzky mitteilen«, erwiderte Justus. »Aber viel wichtiger ist im Augenblick etwas ganz anderes.« Er wandte sich den drei Männern zu. »Wo ist unser Freund? Wo ist der echte Bob Andrews?«
Matt grinste boshaft. »Ich habe keine Ahnung, wovon du sprichst, Schwabbelbacke.«
»Da steht er doch!« Stephen nickte zu »Bob«. »Musst nur deine Sehknollen aufmachen, Kleiner!« Er lachte dreckig.
»Verstehe.« Justus nickte und dachte nach. Aus den dreien würden sie nichts herausbringen. Und vermutlich würde es Ossietzky nicht anders ergehen. Aber nur diese drei Männer wussten, wo Bob war.
»Mein Angebot mit dem dritten Ohr steht noch«, sagte Foster und sah Justus erwartungsvoll an. »Ich bringe diese Pappnasen schon zum Reden.«
Der Erste Detektiv schüttelte den Kopf.
»Wo ist Bob?«, fuhr Peter die Männer an. »Sagt uns sofort, was ihr mit ihm gemacht habt!«
Die drei Schurken lachten nur laut.
»Ist er es denn wirklich nicht?« Godfrey deutete auf »Bob«. So ganz schien er die Zusammenhänge noch nicht begriffen zu haben.
»Er sieht ihm sehr ähnlich«, erklärte Justus. »Ohne Zweifel. Wobei wir sein Gesicht ja aufgrund der Blutmaskerade noch

nicht richtig gesehen haben. Doch abgesehen von der Schmierenkomödie, die dieser Mann hier aufgeführt hat und die Bob so gar nicht entsprach, trägt Bob seine Armbanduhr im Moment rechts. Ich habe sie ihm selbst dort umgebunden, als ich ihm den Verband angelegt habe.«
Alle sahen auf »Bobs« Arme. Die Uhr saß links, auf dem Verband.
»Und deswegen wusstet ihr, dass hier was faul ist?«, wunderte sich Barclay. »Alle Achtung! Da muss man aber einen sehr feinen Blick fürs Detail haben. Und das auch noch in einer Situation, in der ihr sicher ganz anderes im Kopf hattet.«
»Just hat auch die Knarre gesehen, die in Matts Gürtel steckte«, ergänzte Peter. »Als sich der Kerl über Bob beugte, um ihn zu untersuchen. »Also über diesen Bob.« Er zeigte verächtlich auf den Mann.
»Und dann war da noch die cerebrös rupturierte Sepsis«, sagte Justus. »Ich habe zwar nicht Medizin studiert, aber dass diese Diagnose völliger Unsinn ist und die Krankheit gar nicht existiert, wusste ich auch so. Und aus diesen Indizien ergab sich folgerichtig die Annahme, dass hier ein falsches Spiel gespielt wird.«
»Da kommt die Polizei!« Sam deutete nach hinten in den Wald, wo sich wieder die zwei Einsatzfahrzeuge näherten. Kurz darauf hielten die beiden Wagen auf dem Waldweg. Officer Ossietzky war der Erste, der aus dem Auto sprang und auf die kleine Gruppe zukam.
»Officer! Officer! Gott sei Dank, dass Sie hier sind! Die Typen hier sind komplett verrückt!«, legte Matt los, bevor der Erste Detektiv etwas sagen konnte.

Justus und Peter glaubten, ihren Ohren nicht zu trauen, und sahen sich verdattert an.

»Wir wollten uns gerade um den Verletzten kümmern, da fielen diese Kerle über uns her! Tun Sie was, Officer! Helfen Sie uns!«

»Ja, nehmen Sie die Kerle fest!«, stimmte Stephen mit ein, während sich »Bob« erschöpft zu Boden sinken ließ und den sterbenden Schwan mimte.

»Immer mit der Ruhe!« Ossietzky gebot ihnen mit einer kurzen Handbewegung Einhalt. »Und du nimmst die Pistole runter und Sie Ihr Messer!« Er sah zu Justus und Foster und dann zu seinen Kollegen. »Jerry? Lance? Ihr passt auf, dass keiner Blödsinn macht!«

Zögernd folgten der Erste Detektiv und Foster der Anweisung. Die beiden Polizisten entsicherten ihre Holster und legten die Hände auf ihre Waffen.

»Was ist hier los?« Ossietzky schaute Justus auffordernd an.

»Die Sache verhält sich dann doch etwas anders, als es Ihnen dieser Mann eben weismachen wollte, Officer.«

»So? Dann lass mal deine Version hören!«

In kurzen Worten schilderte der Erste Detektiv, was sich tatsächlich ereignet hatte. Immer wieder wurde er dabei von Matt und Stephen unterbrochen, die ihn als Lügner und Wahnsinnigen bezeichneten und alles ganz anders darstellten. Ossietzky sagte gar nichts, hörte nur zu. Im Hintergrund wurde das Hundegebell lauter.

»Aber sie sagen uns nicht, wo Bob ist«, schloss Justus.

Ossietzky überlegte einen Moment. Dann ging er zum Krankenwagen, suchte dort ein paar Sachen zusammen und ging

damit auf »Bob« zu. »Hier! Wischen Sie sich das Gesicht ab.« Er tränkte einige Kompressen mit einer Flüssigkeit aus einer Plastikflasche und hielt dem Mann die Tücher hin.
»Aber … aber das tut weh! Höllisch weh! Ich bin verletzt!«
»Abwischen!«
»Bob« zögerte. Dann nahm er knurrend die Tücher und begann, sich das Blut von seinem Gesicht zu wischen. Die blutige Kruste löste sich zunächst nur schwer auf und hinterließ verschmierte Streifen auf dem Gesicht.
Justus und Peter gingen näher heran. Unglaublich! Je mehr Haut sichtbar wurde, desto deutlicher kamen »Bobs« Gesichtszüge unter dem Blut zum Vorschein: Die Backenknochen waren ein wenig hoch. Auch der Haaransatz stimmte nicht ganz.
Zwischendurch gab Ossietzky dem Mann noch weitere Kompressen, damit er sich auch die letzten blutigen Schlieren entfernen konnte. Dann endlich war das Gesicht halbwegs sauber.
Ossietzky verschränkte die Arme. Und lächelte. »Na, sieh mal einer an, was so ein bisschen Katzenwäsche alles zutage fördert!«

Das letzte Versprechen

Sein Herzschlag hämmerte in den Ohren und sein Atem ging stoßweise. Bob glaubte förmlich spüren zu können, wie das Adrenalin durch seinen Körper flutete.
Das war knapp gewesen! Meine Güte, war das knapp gewesen! Weil er unvorsichtig geworden war, so kurz vor dem Ausstieg. Diesen einen Griff nicht mehr getestet, sondern sich gleich an der Felsspalte hochgezogen hatte.
Bob blickte nach unten. Seine Knie waren weich wie Butter, seine Arme zitterten. Kaum dass er sich an der Wand abstützen konnte. Wenn sich dieser komische Kittel, den er trug, nicht an der kleinen Felsnase verfangen hätte, läge er jetzt da unten. Zehn, zwölf Meter tiefer. In einem Zustand, den er sich gar nicht ausmalen wollte.
Der dritte Detektiv wartete noch zwei Minuten. Atmete ein, atmete vor allem aus. Ausatmung entspannt, hatte er vor Kurzem gelesen. Langes Ausatmen. Nur langsam beruhigte sich sein Puls. Aber seine Kraftreserven waren nahezu erschöpft, er musste weitermachen. Weit war es ja nicht mehr. Zwei Meter noch, dann konnte er diesen Strauch packen, der am Rande des Loches wuchs. Wenn der hielt …
Bob kletterte weiter. Ab jetzt prüfte er jeden Griff, jeden Tritt dreimal, bevor er ihn belastete. Seine Hände schmerzten, seine Schulter hatte er sich bei seinem Beinahe-Absturz aufgeschürft. Aber gleich hatte er es geschafft, gleich!
Dann war er endlich oben. Der Strauch war fest genug eingewachsen, hielt dem Zug stand. Noch einmal den Fuß ge-

gen die Wand stemmen, ein letztes Mal abdrücken, dann konnte er sich über den Rand des Kamins hieven.
Er rollte zur Seite und blieb erst einmal liegen. Die Sonne schien durch das Blätterwerk des Strauches in sein Gesicht. Vögel zwitscherten, die Luft strich sanft über die Anhöhe. Bob ballte die Fäuste. Freude, riesengroße Erleichterung, ein Glücksgefühl ohnegleichen durchströmte ihn. Er hatte es geschafft! Ja! Er war frei!
Nach ein paar Minuten richtete er sich auf und sah sich um. Wald. Damit hatte er gerechnet. So viel Wald ließ seinen Mut allerdings gleich wieder um einiges sinken. Er befand sich auf einer kleinen, mit Weißdornbüschen und niedrigen Blaubeersträuchern bewachsenen Anhöhe. In alle Richtungen konnte er ein gutes Stück sehen, bevor sein Blick wieder durch Bäume oder andere Erhebungen begrenzt wurde. Und was er sah, war Wald. Nur Wald. Kein Haus, keine Stromleitungen, nicht einmal die Rauchsäule eines Schornsteins. Nur Wald, wohin er blickte.
»Hallo!«, versuchte es Bob, aber heraus kam nur Gekrächze. Der dritte Detektiv hustete und rief noch einmal. »Hallo?«
Das Echo warf seinen Ruf mehrfach zurück. Aber das war auch alles an Antwort, was Bob erhielt.
Er hob die Hände wie einen Trichter zum Mund. »Haaaallo? Hört mich jemand? Haaaallo?«
…. allo … lo … lo … lo … lo.
Nichts. Bob ließ die Arme wieder sinken. Dabei fiel sein Blick auf die Ärmel. Orange. Die Jacke, die er anhatte, war knallorange. Wie dieses Wassereis am Stiel, das er als Kind so geliebt hatte. Jamaica Sun hatte es geheißen. Die Hose war

im gleichen Farbton gehalten, beide Kleidungsstücke waren aus demselben groben Stoff. Das hatte er ja vorhin schon gefühlt. Das Zeug sah aus wie ein ... wie ein ... Jogginganzug für Bergarbeiter. Die Schuhe passten dazu: robust, eckig, steif. Stylish war anders. Wer zum Teufel, dachte Bob, hat mir dieses Zeug angezogen? Und warum? Wenigstens hatten ihm Kleidung und Schuhe bei seiner Kletterpartie gute Dienste geleistet. Genauso wie Justus' Handverband, der jetzt allerdings ziemlich ramponiert war.
Orange! Kopfschüttelnd entfernte Bob die Reste des Verbandes und richtete seinen Blick zur Sonne. Wie spät war es? Mittag, kurz nach Mittag. Also war Westen rechts von ihm. Der dritte Detektiv setzte sich in Bewegung.
Während Bob durch den Wald lief, ließ er noch einmal alles Revue passieren, was geschehen war. Vielleicht fiel ihm doch noch etwas ein, das seine Lage erklärte. Und das erklärte, was überhaupt hier los war. Knowsley, das Rätsel, Wendys und Bristols Verschwinden, das angebliche Erbe von Craig Marshall. Doch sosehr der dritte Detektiv sein Hirn auch zermarterte, er konnte weder Erinnerungen aktivieren noch eine Erklärung für alle die Fragen finden, die sich um die seltsamen Vorfälle rankten.
Außerdem brummte ihm allmählich wieder der Schädel. In dem Maße, wie Adrenalin und Aufregung zurückgingen, meldeten sich seine Schrammen und Beschwerden wieder zu Wort. Kopfweh, die Schulter, die Hand. Und die aufgescheuerten Stellen an seinen Füßen. Diese Schuhe waren mörderisch! Doch Ausziehen war im Wald keine gute Idee. Und Hunger und Durst hatte er auch.

Bob lief weiter. Humpelte weiter. Rechts waren die Scheuerstellen schlimmer als links. In einiger Entfernung begann wieder Hochwald. Vielleicht konnte er auf dem Nadelboden auch in Strümpfen laufen. Falsch, korrigierte sich Bob, nicht in Strümpfen. Die haben sie mir auch genommen. Barfuß.
»Stehen bleiben!«
Der dritte Detektiv erschrak bis ins Mark. Wer hatte da gerufen? Wie ein gehetztes Tier schaute er sich um. Stehen bleiben! Das rief niemand, der zufällig jemand anderen im Wald traf. Dazu diese Stimme! Rau, dunkel, brutal.
»Hörst du? Bleib stehen!«
Knowsley! Der Trapper hatte seine Flucht bemerkt! Bob zögerte keine Sekunde. Er riss sich die Schuhe von den Füßen und rannte los.
Ein Schuss fiel! Krachend schlug die Kugel hoch über ihm in einen Baumstamm ein. Bob wechselte abrupt die Richtung.
»Die Nächste trifft! Bleib stehen!«
Bilder rasten durch seinen Kopf. Die Höhle, das Bärenskelett, der Felskamin. Nein, da würde er sich nicht noch einmal reinsperren lassen. Er musste Knowsley entkommen!
Noch ein Schuss! Aber Bob hörte weder die Kugel noch einen Einschlag. Er hetzte weiter.
»Er ist da rüber! Ich seh ihn!«
Der dritte Detektiv stoppte unvermittelt. Ein zweiter Mann! Knowsley hatte Komplizen! Wieso hatte Knowsley Komplizen? Egal, das mit dem Geist war ohnehin Blödsinn. Es ging um etwas ganz anderes. Um was? Egal. Weiter, weg hier, weg hier! Bob duckte sich und hastete auf einen Anstieg zu. Da oben wurde der Wald dichter.

»Links! Wir müssen nach links!«
»Ich schneide ihm den Weg ab! Da kommt er nicht weiter!«
Ein dritter Mann! Der ihm den Weg abschneiden wollte! Wo kam er nicht weiter? Wo? Warum? Bob wurde zunehmend panisch.
Und dazu trug er Orange! Er war eine lebende Fackel. Unübersehbar wie eine Baustellenbeleuchtung im Dunkeln. Aber er konnte ja nicht nackt durch den Wald laufen. Oder? Nein, er hatte ja nicht mal die Zeit, sich auszuziehen. Lieber laufen, rennen.
Es ging steiler bergan. Bob pumpte, dass ihm die Lungen brannten. Aber der Wald wurde auch wirklich dichter. Und Rufe hatte er seit einer Minute keine mehr gehört. Hatte er sie abgehängt?
Wie zur Antwort jagte ein Schuss pfeifend an ihm vorbei ins Unterholz. So viel zum Thema abgehängt, dachte Bob und eilte weiter.
Zweige schlugen ihm ins Gesicht, er trat auf etwas Hartes und ein stechender Schmerz fuhr ihm durch den Fuß. Egal. Doch da oben wurde es wieder heller. Eine Lichtung? Das wäre das Ende seiner Flucht. Der dritte Detektiv blickte nach links und nach rechts. Nicht viel Unterschied. Überall ging es bergauf, überall dichter Wald, der da oben aufhörte. Er hätte umdrehen können. Aber dann lief er seinen Verfolgern womöglich genau in die Arme. Also weiter, rauf.
Bob zerteilte die Äste und Zweige vor ihm mit seinen Händen. Dann war das Unterholz zu Ende. Und dann wusste Bob auch, was der Mann gemeint hatte. Warum er hier nicht weiterkam.

»Jetzt haben wir ihn!«, triumphierte hinter ihm eine Stimme. Sie hörte sich nach Knowsley an.
Ja, jetzt hatten sie ihn. Der Wald hörte hier nicht auf. Er brach ab. In eine tiefe Schlucht. Bob stand am Rand einer tiefen Schlucht. Keine Brücke, zu breit für einen Sprung, zu steil, um zu klettern. Ähnlich der, wo ihn Knowsley geschnappt hatte. Die Dinge würden sich wiederholen.
Nein, es gab einen Unterschied. Bob streckte den Kopf nach vorn. Diese Schlucht war anders. Da unten war Wasser. Ein Bach, ein kleiner reißender Fluss. Und da ein Stück weiter rechts hatte sich eine Art Tümpel gebildet. Schwarz, kreisrund. Tief genug?
Hinter ihm knackten Zweige. Bob drehte sich nicht um, ging drei Schritte nach rechts. Die Schlucht war knapp zwanzig Meter tief. Er musste an die Klippenspringer denken, denen er damals bei Santa Clara zugesehen hatte. Die waren aus noch größerer Höhe gesprungen. Also war es möglich.
»Tu das nicht! Du brichst dir den Hals!«, sagte einer der Männer hinter ihm.
Bob schenkte ihm keine Beachtung, starrte nur auf den Abgrund. Da unten wäre er sicher vor seinen Häschern. Könnte sich mit dem Fluss treiben lassen und wäre außer Gefahr. Aber die Klippenspringer hatten gewusst, wie tief das Wasser war, in das sie sprangen. Er wusste das nicht. Der Tümpel konnte fünf Meter tief sein, zehn Meter – oder er war schwarz vom Schlamm und keinen halben Meter tief.
»Mach keinen Blödsinn, Mann!«
Bob schob sich zur Abbruchkante, Zentimeter für Zentime-

123

ter. Gestein bröckelte und stürzte in die Tiefe, direkt in den Tümpel. Die Kante stand hier oben etwas über. Er musste also keine Angst haben, im Fallen gegen die Wand zu schlagen. Er würde genau im Tümpel landen.
»Komm schon!« Der dritte Mann. Sie standen jetzt alle hinter ihm, nur ein paar Meter entfernt. »Das hat doch keinen Sinn! Lass den Mist!«
Bob schloss die Augen, atmete aus, atmete tief ein. Er musste an Justus und Peter denken. Sie suchten ihn sicher immer noch. Sie würden ihn suchen, bis sie ihn gefunden hatten, sie würden nicht aufgeben, nie.
Wir sehen uns, erinnerte sich Bob an seine letzten Worte zu Peter. Wir sehen uns. Wie versprochen.
Dann öffnete er die Augen, holte tief Luft und zählte bis drei.

Shakehands

»Billy Boy! Das ist wohl nicht so gelaufen, wie du dir das vorgestellt hast, hm?« Ossietzky heuchelte Mitgefühl.
»Du kannst mich mal!«, zischte »Bob« und spuckte auf den Boden.
Ossietzky zuckte die Schultern und gab seinen Leuten die nötigen Anweisungen. Während zwei Polizisten mit ihren Waffen weiterhin alles unter Kontrolle behielten, lief der vierte zu dem Mann und legte ihm Handschellen an.
»Ist das der entflohene Häftling?«, fragte Justus.
Der Officer nickte. »Bill Cooper. Ein ganz schlimmer Finger. Aber jetzt geht's wieder nach Hause ins Körbchen, wo du uns nach deinem Ausflug sicher noch ein paar Jährchen mehr beehren wirst, nicht wahr, Billy?«
Der Häftling gab einen wüsten Fluch von sich und trat sogar nach Ossietzky. Jerry hatte alle Hände voll zu tun, Cooper in den Streifenwagen zu bugsieren. Die anderen beiden Polizisten näherten sich Matt und Stephen, um sie ebenfalls abzuführen.
»Aber die müssen uns noch sagen, wo Bob ist!«, forderte Peter. »Die haben Bob entführt! Nur die wissen, wo er ist!«
Die Reaktion der drei Schurken machte deutlich, dass keiner von ihnen auch nur daran dachte. Hämisch lachend ließen sie sich in die Wagen verfrachten.
»Aber es war doch Knowsley, der sich euren Freund gekrallt hat!«, wunderte sich Foster. »Wieso sollten die da wissen, wo er ist?«

»Wer zum Teufel ist Knowsley?«, fragte Ossietzky.
»Knowsley!« Justus schlug sich vor die Stirn. »Natürlich! Warum bin ich da nicht gleich draufgekommen? Können Sie uns begleiten, Officer?«
»Äh, wohin denn? Warum denn?«
»Wenn wir Glück haben, stoßen wir auf jemanden, der uns ganz sicher sagen kann, wo Bob ist.«
»Knowsley?«, fragte Peter.
»Genau.«
»Und woher weißt du auf einmal, wo der ist?«
Justus grinste. »Wenn er der ist, für den ich ihn halte, ist er vielleicht da, wo ich glaube, dass er ist.«
Peter verdrehte die Augen und stöhnte. »Just! Nein! Jetzt nicht! Keine Rätselsprache! Sprich Klartext!«
Der Erste Detektiv zeigte mit dem Finger auf ihn und lief Richtung Bus. »Und Rätsel ist das Stichwort! Officer, Sie kennen doch bestimmt noch eine andere Route zur Hütte als die über die zerstörte Brücke?«
»J-ja, sicher.«
»Ausgezeichnet.«
Auf dem Weg zur Hütte erklärte Justus Ossietzky und den anderen, wieso er dorthin wollte. Ossietzkys Kollegen fuhren unterdessen schon einmal nach Sonora, um ihre kriminelle Fracht beim nächsten Polizeirevier abzuladen und Cooper zurück ins Gefängnis zu bringen. Über Funk wollten sie dafür sorgen, dass Ossietzky Verstärkung bekam.
»Verstehe«, sagte Barclay, als der Erste Detektiv seine Theorie dargelegt hatte. »Als Ganove wird ihn seine Gier zur Hütte treiben, um dort nach Knowsleys Schatz zu suchen.«

»Weil du ihm an der Schlucht erzählt hast, dass Knowsleys Rätsel die Hütte als Versteck angibt.« Peter nickte.
»Richtig. Mit dieser Option dürfte er zwar nicht gerechnet haben. Aber wie Mr Barclay schon sagte, wird es ihm seine kriminelle Veranlagung unmöglich machen, diese Gelegenheit auszulassen.« Justus konnte nur hoffen, dass er mit dieser Annahme richtiglag. Und dass ihr Knowsley immer noch bei der Hütte war und dort suchte. Und er sie nicht vorher entdeckte und die Flucht ergriff. Nur dann hatten sie eine Chance, etwas über Bobs Verbleib zu erfahren. Sofern sie Knowsley zum Reden brachten. Viele Wenns, dachte Justus. Vielleicht zu viele.
»Wobei aber *euer* Knowsley gar nicht *der* Knowsley ist.« Ossietzkys Aussage war eher eine Frage. So ganz schien er noch nicht zu verstehen, wie das alles zusammenhing. »Weil *der* Knowsley seit einer Ewigkeit tot ist.«
»Cooper brauchte noch einen Komplizen«, erklärte Justus. »Jemanden, der Bob entführt und ihn gegen Cooper austauscht. Und dieser Komplize kann weder Matt noch Stephen gewesen sein. Beide sind zu groß und zu schlank.«
»Einer von denen könnte sich Zeug unter die Jacke gestopft haben. Und gebückt gehen. Ein bisschen Schminke, die Klamotten, der Hut?« Ossietzky sah Justus fragend an.
»Nein, das Risiko, wiedererkannt zu werden, wäre zu groß. Wir waren ja ganz nah dran an den Kerlen. Und Cooper selbst kann es auch nicht gewesen sein, weil Knowsley schon letzte Nacht zugeschlagen hat.«
»Euren Freund habt ihr aber auch nicht wiedererkannt«, wandte Godfrey ein.

»Ja, aber Bob und Cooper sehen sich auch verdammt ähnlich«, sagte Peter. »Außerdem waren wir völlig von der Rolle. Wer denkt denn an einen Doppelgänger, wenn der beste Freund schwer verletzt und bewusstlos ist?«

»Okay, okay.« Foster leckte sich die Lippen. »Dann schnappen wir uns jetzt den Kerl. Hoffentlich hat er sich nicht schon den Schatz unter den Nagel gerissen und ist damit über alle Berge. Drück drauf, Sam!«

Justus sah Peter an und lächelte müde.

»Äh, Schatz?«, flüsterte Peter so, dass es nur Justus hören konnte.

Der Erste Detektiv nickte.

Barclay wackelte irritiert mit dem Kopf. »Irgendwie passt das alles noch nicht so recht zusammen. Was hat es mit diesem Rätsel auf sich? Wollten die Typen Cooper austauschen und an die Nuggets? Du meintest ja eben, damit konnten sie nicht rechnen. Ist das so? Was spielt Marshall für eine Rolle? Und sein Erbe? Und warum wurden Wendy und Edgar gekidnappt? Der ja angeblich Sam angerufen hat.«

Justus machte ein verkniffenes Gesicht. Die Antworten auf diese Fragen kannte er bereits. Und nicht jede Antwort stimmte ihn froh. »Ich nehme an, die beiden Entführungen sollten der ganzen Aktion –«

»Die Hütte!«, unterbrach Sam den Ersten Detektiv und zeigte durch die Windschutzscheibe. »Da vorne ist sie.«

»Dann halten Sie hier an«, befahl Ossietzky. »Den Rest gehen wir zu Fuß.«

Sam lenkte den Bus in eine kleine Schneise, sodass er vom Waldweg nicht zu sehen war. Als alle ausgestiegen waren,

zog Ossietzky seine Waffe und übernahm die Führung. »Alle bleiben hinter mir! Seien Sie leise und nutzen Sie Bäume als Deckung. Wir wollen unseren Freund ja überraschen.« Er blickte Justus an. »Falls er da ist.«
»Er muss!«, sagte Peter. »Er muss einfach!«
Das sah aber gar nicht danach aus. Die Hütte lag ruhig und verlassen am Rande der Lichtung. Nichts deutete darauf hin, dass sich hier irgendjemand herumtrieb.
»Vielleicht am Hintereingang«, flüsterte Justus.
Ossietzky nickte und führte die Gruppe in einem weiten Bogen durch den Wald um die Hütte herum. Immer wieder gingen ihre Blicke zu dem Holzhaus. Eine Bewegung hinter dem Fenster? Ein verdächtiges Geräusch? Aber da war nichts. Absolut nichts. In Justus und Peter machte sich Resignation breit. Die Theorie des Ersten Detektivs schien sich nicht zu bewahrheiten.
Aber dann gab es doch einen kleinen Funken Hoffnung. Die Hintertür der Hütte stand einen Spalt offen.
»Vielleicht haben wir sie nicht geschlossen, als wir heute Morgen aufgebrochen sind?«, überlegte Barclay. »Wer ist hier als Letzter raus oder rein?«
Die anderen schauten sich fragend an.
»Ich war heute Nacht an dieser Tür«, erinnerte sich Justus. »Bob hatte nach Wendys Verschwinden festgestellt, dass die Tür offen war.« Er hielt inne. »Danach hat Peter gerufen und wir sind zu ihm.«
»Also habt ihr die Tür nicht wieder zugeschlossen?«, fragte Ossietzky.
»Nein. Wir hatten auch keinen Schlüssel.«

Ossietzky drückte die Tür auf. »Sieht nicht so aus, als würde hier jemand nach einem Schatz suchen. Gehen wir rein.«
Nacheinander betraten sie den schmalen Gang, der nach vorn zur Wohnstube führte. Im Vorbeigehen sahen Justus und Peter in die angrenzenden Zimmer. Leer. Und keine Anzeichen dafür, dass hier jemand nach etwas gesucht hatte. Auch der große Aufenthaltsraum sah genauso aus, wie sie ihn verlassen hatten. Justus entdeckte auf dem Tisch die Verpackungsfolie der Mullbinde, mit der er Bob den Verband angelegt hatte, kurz bevor sie aufgebrochen waren.
Bob! Die Hoffnungslosigkeit des Ersten Detektivs fühlte sich an wie ein schwerer Stein, der bleiern und grau in seinem Magen lag. Ein Blick zur Seite zeigte ihm, dass es Peter nicht anders ging. Wo war Bob? Wo sollten sie ihn suchen? Was war mit ihm geschehen?
Plötzlich war da wieder ein Geräusch. Wie heute Morgen, als sie ebenfalls alle in diesem Raum versammelt waren und dann nach draußen gestürzt waren. Doch diesmal war es nicht das Donnern von Rotoren. Diesmal war es der Motor eines Autos. Alle sahen sich erstaunt an. Erstaunt, ungläubig und hoffnungsvoll.
»Los! Versteckt euch!« Ossietzky deutete in alle Richtungen und jeder suchte sich einen Platz, von dem aus er nicht sofort gesehen werden konnte, wenn sich die Tür öffnete. Im Nu hatte sich der Raum geleert.
Die Tür ging auf. Das Licht der schon etwas tiefer stehenden Sonne fiel in die Hütte, sodass Justus zunächst nur die Silhouette eines Mannes erkennen konnte. Peter warf ihm einen ratlosen Blick zu. Wer ist das?, stand darin zu lesen.

Der Mann sah sich um. Seine Bewegungen wirkten fahrig und ungeduldig. Ganz so, als wäre er in Eile. Er warf die Tür hinter sich zu und ging Richtung Tisch.
Und jetzt erkannten die beiden Detektive den Mann. Peter war so verblüfft, dass er wie in Zeitlupe hinter seinem Sofa aufstand.
»Mr Whiteside?«
Der Mann fuhr herum. Für einen Moment wirkte er völlig überrascht, ja nahezu schockiert. Aus weit aufgerissenen Augen starrte er den Zweiten Detektiv an. Justus glaubte sogar, ein Zucken in Richtung Tür wahrgenommen zu haben. Doch in der nächsten Sekunde stand wieder der Anwalt vor ihnen, den sie auf dem Parkplatz von The Pear kennengelernt hatten. Zwar in Freizeitkleidung statt im Anzug, aber gut gekämmt und mit einem freundlichen, seriösen Gesichtsausdruck.
»Gott, hast du mich erschreckt!« Whiteside griff sich ans Herz und atmete tief durch. »Warum versteckst du dich denn?«
Die anderen kamen aus ihren Löchern. Justus, Ossietzky, die drei Männer.
Whiteside machte große Augen. »Meine Güte! Was ist denn hier los?«
»Ihr kennt den Herrn?« Ossietzky sah Justus und Peter an.
»Das ist der Anwalt, der die Sache mit dem Erbe eingefädelt hat«, antwortete Foster.
»Aha.« Ossietzky blieb misstrauisch. »Und was machen Sie hier?«
»Ähm, ich … ich wollte nach Ihnen allen sehen. Sehen, ob alles in Ordnung ist, ob Sie alles haben.«

Der Erste Detektiv trat nach vorn, den Blick nach unten gerichtet. Unwillkürlich folgte Whiteside seinem Blick, sah auf seine Schuhe, seine Hose.

»Aber Sie wussten doch gar nicht, wo wir sind.« Justus gab sich verwundert. »Oder haben Sie sich die Koordinaten gemerkt?«

»Nein, nein, wo denkst du hin?« Whiteside war nicht im Mindesten befangen. »Aber mich erreichte ein Anruf von Mr Bristol.« Er schaute sich im Raum um. »Wo ist er denn? Ich sehe ihn gar nicht. Er meinte, es gäbe Probleme und Sie könnten den Busfahrer nicht erreichen. Da ließ ich mir sagen, wo Sie sind, und kam selbst hierher, um nach dem Rechten zu sehen.«

Foster entspannte sich. »Tja, hier geht wirklich die Post ab, das kann ich Ihnen sagen.«

»Wieso? Was ist denn?« Whiteside blickte wieder nach unten, weil Justus immer noch dorthin schaute. »Hab ich da was?« Der Anwalt wischte sich bemüht über seine Hosenbeine.

Der Erste Detektiv trat nach vorn. Nur Peter fiel auf, wie steif seine Haltung war. Justus hielt Whiteside seine Hand hin. »Ich möchte Ihnen vielmals danken, Mr Whiteside. Wir alle wissen es sehr zu schätzen, dass Sie sich so um uns bemühen.«

Der Anwalt ergriff verdutzt Justus' Hand. »Ja … nein, schon in Ordnung. Mach ich doch gern.« Er lächelte schwammig. Justus drehte seine Hand so, dass Whitesides Handfläche nach oben zeigte. Dann ließ er seine eigene Hand etwas zur Seite gleiten. »Haben Sie sich verletzt?«

»Wie? Was meinst du? Nein, wieso?«
Der Erste Detektiv deutete auf die Handfläche des Anwalts. »Sie haben da getrocknetes Desinfektionsmittel auf der Haut.«
Whiteside zog seine Hand zurück, als hätte er sie sich verbrannt. »Nein, das ist … ich weiß nicht, was das ist.« Hektisch rieb er die Hand an seiner Hose.
»Das geht nicht so leicht weg«, sagte Justus und sah ihm jetzt unverwandt in die Augen. »Sehr hartnäckig, das Zeug. Aber wenn Sie sich nicht verletzt haben, wie kam das Mittel dann auf Ihre Hand?«
Peter begriff. Schlagartig begriff Peter. Die Schlucht, der Verband, der Griff!
»Das weiß ich … das ist kein Desinfektionsmittel, das ist … das ist …« Whiteside fing an zu schwitzen. Jegliche Gelassenheit war von ihm abgefallen.
»Sie waren das!«, rief Peter aufgebracht. »Das Zeug stammt von Bobs Verletzung! Sie haben ihn so fest gepackt, dass Sie die Pampe durch den Verband gequetscht haben! Und jetzt klebt die Soße an Ihrer Hand!«
Whiteside sah sich gehetzt um. »Ich habe … keine Ahnung, wovon ihr redet, Jungs.« Ein Lächeln, das aussah wie eine schiefe Grimasse. »Ich bin nur gekommen, um hier –« Mitten im Satz brach er ab, schleuderte herum und rannte auf die Tür zu.
»Haltet ihn auf!«, schrie Peter und stürzte nach vorn.
Whiteside hatte die Tür schon erreicht, als dort auf einmal ein Schatten auftauchte. Zwei Schatten. Zwei Männer in Uniform, von denen Whiteside abprallte wie ein Gummi-

ball, in den Raum zurückgeworfen wurde und über den Boden rollte, wo er stöhnend liegen blieb.

Aber Justus und Peter starrten immer noch zur Tür. Denn hinter den beiden Polizisten stand noch eine andere Gestalt. Eine Gestalt in einem knallorangen Anzug, die sie fröhlich anlächelte.

»Hallo, Kollegen! Wo ist meine kalte Cola?«

Flug zu den Sternen

»Tja, und als ich bei drei angekommen war, schrie der eine Polizist auf einmal: ›Billy, nicht!‹, und da dachte ich mir: Billy? Ich bin nicht Billy!« Bob lächelte fröhlich und sog an seinem XXL-Colabecher.
»Klar«, verstand Peter. »Du in Billys Häftlingskluft. Die mussten ja denken, dass du er bist.«
Justus nickte. »Und dann seid ihr zur Hütte gekommen, weil die Beamten Ossietzky unterstützen sollten.«
Sam passierte die Ortsgrenze von Sonora. Sie hatten eigens einen kleinen Umweg in die Stadt gemacht, um Bobs Cola zu besorgen. Aber jetzt ging es nach Hause. Endlich! Sie würden zwar in die Dunkelheit hineinfahren müssen und erst gegen Mitternacht The Pear erreichen. Doch das war allen egal. Hauptsache, nach Hause.
»Eine irre Geschichte!« Barclay schüttelte den Kopf. »Dieser Dean Cooper hatte wirklich alles bis ins Detail geplant, um seinen Bruder nach dessen Ausbruch aus dem Knast an einer halben Hundertschaft Polizisten vorbeizubringen. Was für ein Aufwand! Die Geschichte um Harper Knowsley und dessen Rätsel ausgraben, Craig Marshall erfinden, sich als Evander Whiteside inklusive Kanzlei und Internetpräsenz ausgeben, Briefe schreiben, Bus chartern, Hütte mieten, Knowsley spielen, Billys alte Kumpel Matt und Stephen anheuern. Unglaublich, was der da angeleiert hat!«
»Vergessen Sie den Krankenwagen nicht, den er organisieren musste, das Abhören des Polizeifunks, damit Matt und Ste-

phen auch wirklich die Ersten waren, die sich um uns kümmerten, die Wanzen an unserem Gepäck, die er uns verpasst hat, als wir abfuhren, damit er immer wusste, wo wir waren und was los war«, ergänzte Peter.

»Ich sag's ja immer«, meinte Sam und drehte den Kopf nach hinten. »Blut ist dicker als Wasser.«

Evander Whiteside alias Dean Cooper hatte gesungen wie eine Nachtigall. Er hatte alles gestanden und alles erklärt. Angefangen von dem Artikel in der L. A. Post, in dem ihm vor etwa einem Jahr die verblüffende Ähnlichkeit zwischen seinem Bruder Bill und Bob aufgefallen war, über die ganze Abwicklung der Austauschaktion bis hin zu den Verstecken von Wendy, Bristol und Bob und dem Knowsley-Kostüm im Kofferraum seines Autos. Die drei ??? hatten angesichts des umfassenden Geständnisses beinahe den Eindruck, als sei Dean Cooper froh, sich endlich alles von der Seele reden zu können. Er schwor hoch und heilig, dass er die drei Verstecke umgehend anonym verraten hätte, sobald Bill in Sicherheit gewesen wäre. So abgebrüht wie sein Bruder war Dean Cooper mitnichten.

Das Firmenhandy der drei ??? klingelte und Justus ging ran. »Justus Jonas von den drei Fragezeichen? ... Ah, Mr Ossietzky ... aha ... Gott sei Dank! ... Grüßen Sie sie bitte von uns ... Ja, ich Ihnen auch ... Auf Wiederhören.« Er legte auf. »Bristol und Wendy sind in guten Händen. Beide werden zur Sicherheit ein paar Tage im Krankenhaus bleiben müssen. Wendy ist völlig dehydriert und Bristol hat sich beim Kampf gegen Knowsley, äh, Cooper das Handgelenk gebrochen.«

»Warum hat er die beiden jetzt eigentlich entführt?«, wollte Godfrey wissen.
»Um der ganzen Sache mehr Glaubwürdigkeit und Nachdruck zu verleihen«, erwiderte Justus. »Wir sollten unbedingt glauben, dass es um das Rätsel und nur um das Rätsel ging, damit wir gar nicht erst auf die Idee kämen, irgendeinen anderen Grund für die Merkwürdigkeiten zu vermuten.«
»Und Edgar hat gar nicht telefoniert? Weder mit Sam noch mit diesem Cooper?«
Der Erste Detektiv schüttelte den Kopf. »Es war Dean Cooper selbst, der sich Sam gegenüber als Edgar ausgegeben hat.«
Barclay blickte nachdenklich vor sich hin. »Und gepackt hat er uns bei unserer Gier. Nur deswegen haben wir uns alle in den Bus gesetzt. Weil wir alle so scharf auf das Geld waren.« Er machte ein reumütiges Gesicht. »Das sollte uns eine Lehre sein.«
»Dabei wollte er ja nur Tick, Trick und Track!«, warf Foster ein. »Beziehungsweise nur Track.« Er deutete auf Bob. »Der Rest von uns war nur Ablenkung und Deko.«
Barclay sah zu den drei ???. »Und euch hat er mit dem Rätsel gekriegt.«
Bob nickte betreten. »Ja. Das ist zugegebenermaßen unsere Schwachstelle: Rätsel, Geheimnisse, Mysteriöses aller Art.« Er sah zu Justus und Peter, die ebenfalls einen zerknirschten Eindruck machten. »Und die hat Cooper entdeckt und sehr geschickt ausgenutzt. Er konnte uns am Ende sogar so gut einschätzen, dass er voraussah, dass ich nicht allein fahren würde.«

»Wobei wir mit etwas mehr Sorgfalt bei unseren Ermittlungen Dean Cooper schon viel eher hätten auf die Schliche kommen können«, setzte Justus hinzu. »Wir hätten zum Beispiel Whitesides Anwaltszulassung überprüfen müssen. Oder den Notar ausfindig machen müssen, der Marshalls Testament aufgesetzt hat. Auch der Spruch mit dem Mandantengeheimnis, um keine Details verraten zu müssen ...«
Der Erste Detektiv schüttelte den Kopf. »Blauäugig war das. Einfach nur blauäugig.«
»Ist doch egal!« Foster grunzte missmutig. »Mann! Ich dachte, ich würde als reicher Mann zurückkehren. Könnte mir endlich diesen Firebird kaufen.« Er sah Justus an. »Was bedeutet denn dieses verdammte Rätsel jetzt? Und wieso bist du dir so sicher, dass du weißt, was es bedeutet? Vielleicht hat dieser Knowsley doch irgendwo haufenweise Nuggets gebunkert?«
Der Erste Detektiv blickte kurz aus dem Fenster. Draußen herrschte mittlerweile tiefe Nacht. Weit und breit waren keine Lichter zu sehen, da sie im Moment durch ein großes Waldgebiet fuhren. Für eine Sekunde blitzten die Augen irgendeines Tieres am Straßenrand im Scheinwerferlicht des Busses auf.
»Klar wurde mir die Chiffrierungstechnik auf der Hängebrücke«, sagte Justus. »Zopf oder kahl, einen auslassen.«
»Hä?«, machte Foster. Auch die beiden anderen Männer sahen mehr als ratlos drein. Peter und Bub wussten dagegen bereits, was es mit dem Rätsel auf sich hatte.
»In jedem Rätsel geht es nur um das erste, dritte, fünfte, siebte Wort – und so weiter«, fuhr der Erste Detektiv fort. »Bei

den anderen Wörtern ist allein der Anfangsbuchstabe wichtig, der den Anfangsbuchstaben des vor ihm stehenden Wortes angibt, wobei erschwerend hinzukommt, dass man die richtige Groß- und Kleinschreibung selbst ergänzen muss. Aus Bobs Spruch ›An Ibykos gerner führe weit zur Herden Wagen, Elle am Besen wird prüder besonders dein Sagen‹ wird so …?«

Bob reichte den Männern seinen Brief, damit sie das Rätsel selbst lösen konnten. Gemeinsam beugten sie sich über das Blatt Papier. Es dauerte einige Minuten, dann hatte es Barclay als Erster geschafft. »Wie bitte? In ferner Zeit werden alle Wesen Brüder sein?«

Der dritte Detektiv lachte. »Einmal abgesehen von Langschwanzwieseln.«

»Was soll das? Was ist das für ein Quatsch?«, motzte Foster.

»Das sind die Geheimnisse, die dem alten Knowsley von seinen überirdischen Freunden mitgeteilt wurden«, antwortete Peter. »Er hatte ja nach eigenen Angaben einen guten Draht zu den grünen Männchen, und das Rätsel beinhaltet die Weissagungen, die sie ihm hinterlassen haben.« Er zuckte die Schultern. »Knowsley war Gold völlig egal, ihn interessierte nur die goldene Zukunft, die der Menschheit angeblich bevorstand.«

Godfrey holte seinen Brief hervor. »Mein Spruch heißt dann … Denn jeder M…Mensch ist gleich.«

»Richtig«, sagte Justus. »Durch das Wort *macht* bleibt es bei dem M bei *Mensch*.«

Foster tippte sich an die Stirn. »Der hatte sie doch nicht mehr alle, der Typ. Was für ein Käse ist das denn?«

»Na ja«, meinte Bob. »Im neunzehnten Jahrhundert konnten solche Aussagen durchaus als zukunftsweisend angesehen werden. Alle Wesen werden Brüder, alle Menschen sind gleich, es wird dauerhafter Frieden herrschen, das ist Bristols Text, Menschen werden unsterblich sein, Ihr Text, Mr Barclay. Vor hundertfünfzig Jahren waren das spektakuläre Ansichten.«

»Wobei das mit dem Gleich-Sein ja durchaus seine Nachteile haben kann«, witzelte der Zweite Detektiv. »Man denke nur an Billy Boy.«

Foster hatte sich unterdessen seinen eigenen Spruch vorgenommen. »Uns … zeigen sich … alle Geheimnisse der … Welten. Was für ein Quark!«

»Dieser Spruch allerdings ist nur für unseren Justus gedacht«, meinte Peter. Bob und Barclay lachten.

Ein seltsames Geräusch drang aus den Tiefen des Busses. Ein kurzes Rumpeln, eine Art Schluckauf im Motor. Dann war es wieder vorbei.

»Was war das, Sam?«, rief Godfrey.

»Keine Ahnung. Das alte Mädchen hat ja schon ein paar Kilometer auf dem Buckel.« Sam drehte sich wieder nach hinten. »Hatte Wendy auch ein Rätsel? Ist ja echt spannend, die Sache.«

»Ja, natürlich«, entgegnete Bob. »Es lautete ungefähr, dass wir dereinst zu den Sternen fliegen werden. In Knowsleys Zeit etwas völlig Unvorstellbares, aber mittlerweile ja fast Routine.«

Wieder ruckelte der Bus, diesmal um einiges heftiger. Und sie fuhren immer noch durch diesen Wald …

»Oh, oh!«, rief Sam.
»Was?«, rief Foster.
»Was ist los?« Godfrey drehte sich um.
Alle sahen nach vorn. Der Bus wurde langsamer. Ein leichtes Flackern ließ das Licht der Scheinwerfer erzittern.
»Tja«, meinte Sam. »Wir fliegen zwar zu den Sternen, aber einen anständigen Motor bekommen wir immer noch nicht hin. Ich fürchte, das war's, Leute.«
Peter schaute erschrocken auf das Armaturenbrett. Die Anzeigen dort leuchteten wie ein Weihnachtsbaum. Auf einmal hustete der Motor, gab noch ein paar letzte Zuckungen von sich und ging dann ganz aus. Wie von Geisterhand geschoben, rollte der Bus auf der leicht abschüssigen Straße dahin und wurde dabei immer langsamer.
»Ach du grüne Neune!« Barclay fasste sich an die Stirn.
»Das war's?«, entfuhr es Godfrey. »Was soll das heißen?«
»Das soll heißen, dass es die Mühle keine hundert Meter mehr tut. Jemand muss uns abschleppen.« Sam zuckte die Achseln.
»Kein Netz«, murmelte Barclay mit Blick auf sein Handy.
»Abschleppen? Hier draußen?«, rief Foster. »Wir haben seit einer Stunde kein Auto mehr gesehen!«
»Dann macht es euch schon mal bequem hier drin.«
Der Bus passierte ein paar letzte Bäume. Der Wald hatte sich zu einer kleinen Lichtung geöffnet. Dann blieb der Bus endgültig stehen und die Scheinwerfer erloschen. Es wurde stockfinster. Und totenstill.
»Ich krieg die Motten!« Foster stampfte mit dem Fuß auf. »Das darf doch nicht wahr sein!«

»Dahinten!« Peter zeigte aus dem Fenster. »Seht ihr das? Dort, am Waldrand!«

Ein großer, dunkler Schatten war im Mondlicht zu erkennen. Weit hinten auf der Lichtung.

»Das sieht nach einer Scheune aus«, sagte Godfrey. »Oder einer Hütte.«

Bob warf nur einen kurzen Blick nach draußen. »Eine einsame Hütte? Auf einer Lichtung? Am Waldrand?« Er klappte seinen Sitz nach hinten und schloss die Augen. »Ohne mich, Leute! Gute Nacht zusammen!«

Die drei ??? ... ihre großen Fälle!

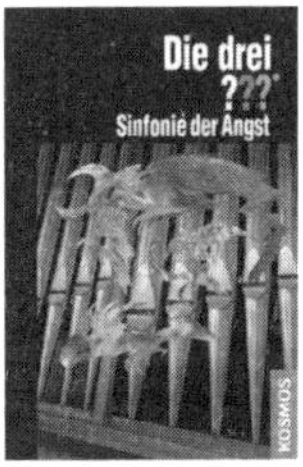

- ☐ Angriff der Computerviren
- ☐ Fußball-Gangster
- ☐ Auf tödlichem Kurs
- ☐ Das düstere Vermächtnis
- ☐ und der Geisterzug
- ☐ Spur ins Nichts
- ☐ Fußballfieber
- ☐ Geister-Canyon
- ☐ SMS aus dem Grab
- ☐ Schatten über Hollywood
- ☐ Schwarze Madonna
- ☐ Fluch des Drachen
- ☐ Spuk im Netz
- ☐ Haus des Schreckens
- ☐ Fluch des Piraten
- ☐ Fels der Dämonen
- ☐ Der tote Mönch
- ☐ und das versunkene Dorf
- ☐ Das Geheimnis der Diva
- ☐ und die Fußball-Falle
- ☐ Stadt der Vampire
- ☐ Tödliches Eis
- ☐ Grusel auf Campbell Castle
- ☐ Der Biss der Bestie
- ☐ Schwarze Sonne
- ☐ und die feurige Flut
- ☐ Der namenlose Gegner
- ☐ und das Fußballphantom
- ☐ Skateboardfieber
- ☐ Botschaft aus der Unterwelt
- ☐ und der Meister des Todes
- ☐ Im Netz des Drachen
- ☐ Im Zeichen der Schlangen
- ☐ und der Feuergeist
- ☐ Nacht der Tiger
- ☐ und die Geisterlampe 12 Kurzgeschichten
- ☐ Die blutenden Bilder
- ☐ und der schreiende Nebel
- ☐ Geheimnisvolle Botschaften
- ☐ und der verschollene Pilot
- ☐ Im Schatten des Giganten
- ☐ Fußball-Teufel
- ☐ und das blaue Biest
- ☐ und die brennende Stadt
- ☐ GPS-Gangster
- ☐ Das Rätsel der Sieben 7 Kurzgeschichten
- ☐ Straße des Grauens
- ☐ Die Spur des Spielers
- ☐ und das Phantom aus dem Meer
- ☐ Tuch der Toten
- ☐ Eisenmann
- ☐ Dämon der Rache
- ☐ Sinfonie der Angst
- ☐ und der gestohlene Sieg
- ☐ Schattenwelt

je Band €/D 8,99

kosmos.de/die_drei_fragezeichen Preisänderung vorbehalten

1.000 Spuren ...
Du hast die Wahl

Die drei ???

Dein Fall! – Hier entscheidest du, wie die Geschichte weitergeht!
Ob am Filmset, im Luxushotel oder auf den Spuren eines Schlangen-
räubers: Kombiniere klug und löse den Fall gemeinsam mit Justus,
Peter und Bob!

Michael Kühlen
**Die drei ???
Dein Fall! Die weiße Anakonda**

Marco Sonnleitner
**Die drei ???
Dein Fall! Tödlicher Dreh**

Christoph Dittert
**Die drei ???
Dein Fall! Hotel der Diebe**

je 144 S., €/D 8,99

kosmos.de/die_drei_fragezeichen   Preisänderung vorbehalten